仙文閣の稀書目録

三川みり

目次

Rare book list of the
Senbunkaku

登場人物

文杏《ぶんきょう》
両親を失い、柳睿に救われた少女。
読み書きが得意で、意志が強い。

徐麗考《じょれいこう》
仙文閣で司書(典書)として働いている。
目録学の天才。

柳睿《りゅうえい》
故人。
文杏の育ての親であり師。

白雨《はくう》
明朗な雰囲気の青年。
かつては写本作り専門の抄本匠だった。

仙文閣《せんぶんかく》
かつて書仙が作った巨大な書庫。
そこを損なう王朝は滅びるという伝説の場所。

別に天地の塵界《じんかい》にあらざる有り

『子長傳《しちょうでん》』より抜粋　作者不詳

序

昔。といっても、たった五年前。

文杏《ぶんきょう》が、難なく読み書きをするようになった頃、柳老師《りゅうせんせい》が教えてくれたことがある。

その頃は文字を読めるのが嬉《うれ》しくて、柳老師が所蔵する本を片っ端から読んだ。

目の前にいない誰かの言葉が、こちらに語りかけるように自分に流れ込む。それが面白くて仕方なかった。

暇さえあれば書庫の床に座って、書架にもたれかかり、文字を追っていた。

その時も文字を追うのに夢中になっていたら、頭の上から「文杏」と呼ばれた。いつの間にか柳老師が目の前にいた。

没頭するあまり、来たことに気づかなかったらしい。

驚いた顔の文杏を見て、柳老師は微笑み、目の前にしゃがんで訊《き》いた。

「楽しいかい？」

と。

「はい」

と答えた文杏は、背後の書架に並ぶ本に目を向けた。

「でも、残念です。ここにある本は、もうすぐ全部読み終わってしまうから」

「何十万冊もの本を、所蔵している場所があるよ。君が大きくなれば、旅をしてそこへ行けばいい。あの場所は、誰にでも本を読ませてくれる。春国《しゅんこく》の、あらゆる本を集めて守っているんだ。集められた本たちは永久に守られる。あそこには書仙《しょせん》の力が働いているからね」

声をひそめ、柳老師は秘密めかして続ける。

「時の王朝が禁書としている本でも、守られるんだ。読んではならないと言われている本、あるいは世の中から消えたと思われている本ですら、そこでは読めるんだよ」

「柳老師は、行ったことがあるんですか」

「あるよ。官吏だった頃に、色々な疑問にぶつかって。その度にそこへ行って、答えを導き出すきっかけになりそうな、たくさんの本を読んだ」

禁じられた本、消えてしまった本。それらが守られ、読める場所。

どきどきした。

禁じられた本は、どんな内容なのだろうか。消えてしまった本は誰もが二度と読めないと思っているのに、実はその場所で守られているとは、なんて素敵なことだろうか。

目を輝かせる文杏に、柳老師はその名を教えた。

「仙文閣《せんぶんかく》という場所だ。かつて書仙が作り、人が守り続ける。途方もなく大きな書庫だ。それが存在することは、とても尊いことだと思うよ」

遠い眼差《まなざ》しで、柳老師は書棚を眺める。本の中に住まう叡智《えいち》に、祈りを捧《ささ》げるように。

「尊いですか？　たくさん本を読めるのは、それは面白いと思いますけど。なんで尊いんですか。面白いから尊いんですか」

子どもらしい質問に、柳老師は微笑む。文杏はようやく十歳だった。

「たくさんの本があるのは、勉強をしたい人や、楽しみを求めている人には、とても大切なことだし尊いよ。けれどわたしが尊いと言ったのは、別の意味でね。仙文閣が、どんな本でも、ずっと守ることが尊いんだ」

「たくさん本があったら、欲張って全部をずっと守らなくても良くないですか？」

「欲張る必要があるんだよ。過去は流れ続けて留《とど》めておけないが、言葉で、本という形で残せば留められる。亡くなった人の声は二度と聞けないが、その人の言葉が本に留まっていれば、その人の言葉は聞ける。本として残るというのは、過ぎ去った歴史や事実、人々を失わずに済む、現実には消えたものを失わないでいられる、ということだ。これが尊い。わかるかい？」

「なんとなく、はい」

「さらに尊いのは、もう一つ。誰かの言葉が、誰かの恣意《しい》によって消されないこと」

首をひねった文杏の様子に、柳老師は苦笑した。

「悪かったね。すこしわかりにくかった。説明をしなおそう。言葉は人から生まれ出てくる。その人の気持ちや、考えや、知識、それらが言葉になり本になる。けれど誰かの言葉が、誰かにとって都合が悪いときだってあるだろう？」

文杏は頷《うなず》く。里《り》の子どもたちと喧嘩《けんか》したとき、誰かが誰かに都合の悪いことを言い出したら、言われた方は「黙れ」と怒る。そういうことだと理解した。

「けれど誰かに都合の悪い言葉も、誰かにとっては役に立つ、勇気をもらえる、あるいは命を助けてもらえるような言葉で、それが書かれた本は、とても大切かもしれない。そんな本を、一方の人が都合が悪いからと、消してしまうことがあるんだ」

「そんなの身勝手だ」

「そう、身勝手だ。だから仙文閣は、身勝手をさせないと決めているんだ。誰かが『この本は焚《や》く』と言っても、仙文閣は守る。わたしは、それが尊いと思うんだよ」

文杏は、すべすべの子どもらしい腕を組み、眉間《みけん》に皺《しわ》を寄せた。こましゃくれた仕草に、柳老師は笑いをこらえていたが、本人は幼いながらに真剣だった。

仙文閣は、誰かに身勝手をさせない。その誰かは、剣を持っているかもしれないし、荘園を持っている貴族かもしれないし、偉そうに威張っている役人かもしれない。その人たちが「黙れ」と言うのに「嫌です」と突っぱねる。

それはなかなかに勇気があり、すごいことだと思う。

そこまで考えが至って、文杏は顔をあげて真っ直ぐ柳老師を見た。

「行ってみたいです、仙文閣へ」

「いつか行けばいい。行けるさ」

温かい大きな柳老師の手が、文杏の頭をぽんぽんと二度ほど叩《たた》く。

仙文閣。

心の中に名を刻み、いつか絶対に行こうと思った。そこで飽くまで本を読もう、と。

その時の文杏は、たくさんの本を読んで、無邪気に面白がりたいばかりだった。

一章　本を抱いて走る者

一

追っ手は必ず来る。

それは、よくわかっていた。

(急げ)

春の終わりのこの時期、雨はさほど降らず過ごしやすい。

そのかわり一年のうちで、もっとも風が強い。

春国の都・成陽《せいよう》では、今日も朝から強い風が吹いていた。坊に植えられた槐《えんじゅ》や楡《にれ》が枝葉を揺らし、街路には砂が舞っている。

文杏は、砂塵《さじん》を避けるような俯《うつむ》き加減で、出入りの人でごった返す冬春門《とうしゅんもん》から都を抜け出た。

(成陽にも、手配書は回っているはず。気づかれたかもしれない)

聳《そび》え立つ城壁に背を向け、早足で都から遠ざかる。

門を通過するとき、警備の城謗《じょうぼう》が、文杏をじっと見ている気がした。

(北へ半日歩けば仙文閣。気づかれたとしても、追っ手が来る前に辿《たど》り着ければいい。急げ)

短襦《たんじゅ》の懐には、革袋に入れた本が一冊。その感触を確かめる。背には麻布の包みを背負っていたが、本は懐に抱くことにしていた。

いざとなれば荷物を投げ捨て、本だけ抱え、身軽になって逃げるつもりでいる。

(仙文閣に行けば、きっとなんとかなるよ)

己を励まし、文杏は足を速めた。

仙文閣は、都・成陽の近くにあると、柳老師から聞いたことがある。それを頼りに故郷の山夏州《さんかしゅう》を出てから、成陽のある北東へ向かった。

成陽へ道のりは徒歩で十日ばかり。

道々、「仙文閣の正確な位置を知っているか?」と、多くの人に尋ねた。

仙文閣の存在を知っている者が、十人に一人はいた。しかしその人たちも正確な位置となると、「はて、どこだろう」と首をひねる。名を知っていても、実際に行ったことはなく。具体的な場所も知らないし、どんな様相なのかも知らない者が、大半。

『仙文閣は、五百年前に書仙が作った書庫。仙の力に守られ、膨大な蔵書を有している。仙文閣は本であればなんでも所蔵するし、時の王朝に禁書とされた本さえも所蔵し、守る』

知られているのは、そんな神仙譚《たん》めいた噂ばかり。

ただ文杏も人のことは言えない。彼女も、神仙譚めいたその話を頼って、仙文閣を目指しているのだから。

唯一、具体的な情報をくれたのは、成陽から来た薬の行商人。

成陽に行けば、本を商う書舗《しょほ》が何軒かある。書舗の者であれば、仙文閣の位置を知っている可能性があるという。

山夏州の長官である、山夏州州刺史《しゅうしし》から発せられた手配書が、主要な道沿いの宿には回っていた。

【年齢、十五歳の少女。編み髪。小柄で痩《や》せ形《がた》、色白。立った耳。目が大きく多少吊《つ》り気味。山夏州の訛《なま》り。柿渋色の短襦と褲《こ》を身につけた少年の身なり。禁書を携えて逃亡】

手配書にはそんなふうに、文杏の特徴が記してある。

道中、怪しい者のように見られることがあった。そんなときはすぐにその場を立ち去ったが、文杏らしき少女が北東を目指している情報は、州刺史に届いているはず。

当然、都の成陽にも手配書が回っている。安全を考えれば近づくべきではなかった。

しかし仙文閣の正確な位置を知るためには、仕方なかった。

昨日の朝、文杏は成陽に入った。

都の広さにまごつき、書舗が集まる場所を知るのに手間取った。その日は宿に泊まり、今朝から書舗を尋ね歩いた。三軒目の書舗で、仙文閣の正確な位置を知っている店の主人に会えた。

主人は、文杏のような少女が仙文閣へ行きたがるのを不思議がった。「主《あるじ》の使いで行く」と適当な説明をすると、ようやく納得して場所を教えてもらえた。

それからすぐに成陽を出るため、冬春門を目指した。

都は巨大だ。門を抜けるまでに日が高くなった。

仙文閣は成陽の北東にあり、距離はおおよそ十八馬《ま》と教えられていた。その距離なら、太陽が沈む頃に到着できるはず。自然と足は速まる。かなりの距離を歩いた。

蒲鞜《がまぐつ》の底で小石を踏むと、足裏がじんと痺《しび》れるほどに疲労していた。

道の左右に、桃畑が連なる小高い丘にさしかかったとき、今しがた自分が歩いてきた道が眼下に見えた。そこを三騎の人馬が駆けて来る。黒い革の胸当てを着けた城謗だ。

慌てて桃畑に逃げ込むと、桃の木の裏で息をひそめる。

城謗たちは桃畑の側を通過して行ったが、しばらくすると戻ってきた。鍬《くわ》を担いで通りかかった農夫を呼び止め、何か訊《き》いている。

追っ手だ。

身を隠した桃の木からそろりと抜け出て、桃畑の中を道沿いに北東へ向かう。かなり進んで、距離をとったところで道に戻った。そこから駆け出す。

追っ手は、どこかで文杏を追い越したと考え、一旦《いったん》引き返して来たのだろう。引き返しても見つからなければ、再びこちらに向かってくる。

(急げ)

身軽く、跳ねるように地面を蹴《け》って駆けた。

文杏は里《り》の子どもたちから、子猿と渾名《あだな》されていた。するすると木に登るし、いくらでも走れる、と。しかし追われる緊張感で、呼吸は乱れがち。

呼吸が乱れると息が苦しくて、いつもより早くへばってしまう。

唾《つば》を飲みこんで、渇く喉《のど》を潤そうとする。しかし激しい呼吸は喉を痛めつけ、少しの湿り気では意味をなさない。立ち止まって水を飲みたいが、恐怖心がそれを許さない。

(追いつかれたら終わり。本を取られる)

懐で上下する本を押さえる。これは柳老師が書いた本だった。

筆跡が、柳老師の涼やかな声そのもののように残っている。これには彼の心の欠片《かけら》が宿っているかもしれない。胸の中に、彼の魂を抱えている気がしていた。

(本だけは守ります、柳老師。絶対に)

必死に唾を飲み、痛む喉を宥《なだ》めて走る。

下り坂の道は平坦《へいたん》になり、雑木が茂る森へと入った。道の左右から枝葉が伸びているので、見通しがきかない。一旦立ち止まり耳を澄ます。

自分の呼吸音がうるさいが、馬の蹄《ひづめ》の音はしない。そのかわり水音が聞こえた。

さあさあと浅く流れる水音は、道の先からする。水音に引かれるように再び駆け出す。

少し走ると、突如視界が開けた。

冷たく湿った空気が、正面から顔を撫《な》でる。

湿原だった。薄い水の膜を張ったような大地。

水は清らかで、水中には、白梅に似た水草が揺らいでいる。ゆるい流れがあるのだ。あちこちから湧き出す水は湿原の北へ、じんわり流れ出ているらしい。

島のように点在する、茅《かや》に似た植物の群れ。その合間を縫うように、人一人がやっと通れる細い木道が縦横に巡らしてある。

足元の道はゆるく下り、湿原へ続いていた。そこから先、道は途切れる。そのかわりに木道の一端へと続いている。

湿原の広さにも驚いたが、さらに文杏を驚かせたのは、湿原の真ん中に立つ山の威容。山肌は切り立った崖《がけ》。縦に裂かれたような薄い岩が連なり、隙間を雑木が埋める。険しく絶壁がそそり立ち、とても登れそうにない。それなのに山頂は、平坦に切り拓かれている。黒い甍《いらか》の建物が、肩を寄せ合うようにあるのが見えた。

『仙文閣は泉山《せんざん》の頂にあって、周囲は清い水に覆われている』

成陽の書舗の主人は、そう教えてくれた。

目の前にそびえるのが泉山で、山頂に見えるのが仙文閣に違いない。

とうとう、来たのだ。

つかの間ぼんやりしていたが、すぐに我に返って視線を周囲へと走らせ、焦る。

「上へ。上へ行く道」

どこかに道はあるはずだった。木道に入り、駆ける。

走ると、細い木道はたわんで軋《きし》み、思うように走れない。木道を辿り山際へ向かいながらも、森の方へ何度も視線を向けた。追っ手の姿はまだないが、ぐずぐずしてはいられない。

木道を渡り歩き、駆け巡り、泉山の周囲を一周した。それだけでかなりの時間を浪費していたが、泉山への登り口が見あたらない。

元の場所に戻ってきた文杏は、焦り狼狽《うろた》える。道を尋ねようにも人影がない。さらさら流れる水音と、揺れる水草があるばかり。歯がゆくて、やたらと周囲に視線を投げる。

すると先程までなかった人影が一つ、何本か木道を隔てた場所に見えた。黒っぽい袍《ほう》を身につけた若い男だ。ゆっくりと歩いている。追っ手ではない。

「すみません！　そこの人、待って」

張り上げた声は、湿原を滑って大きく響く。

男が立ち止まり、こちらに顔を向けた。「やった」と内心手を打って、文杏は木道を蹴り、隣の木道へと飛び移った。それを繰り返し、男に向かって走る。

「驚いた。身軽だな。子猿のようだ」

目の前にやって来た文杏に、男は開口一番に言った。

（……子猿って）

文杏の印象は、誰が見てもほぼ同じらしい。多少、がっかりする。

男は痩せて長身だった。髪は雑な感じでまとめられ、額や耳の辺りに、ばらばらと多くの後れ毛がある。柔らかそうな髪質なので纏《まと》めにくそうだ。

こちらを見る男の瞳《ひとみ》は、珍しい色をしていた。緑に青を溶かしたような、碧玉《へきぎょく》に似た色の瞳。

春国の民は、黒髪に黒い瞳をしているのが常。瞳や髪の色が違うのは国外からやって来る人々で、顔だちから違う。目の前の男は、顔だちは春国の民らしいのに、瞳だけが碧《あお》い。

「何か用か？」

芯《しん》の抜けたような、おっとりした声。

無表情だが、不機嫌なわけではないらしい。彼の気配は、周囲で揺れる細い草葉に似ている。草葉の化身と言われれば、納得しそうだった。ただ不思議と弱々しさは感じない。すっくりと立ち、強風を受け流ししなやかさが感じられた。

「道を尋ねたいんです。仙文閣へ行きたくて。でも、泉山へ登る道がわからないんです」

「仙文閣へ？　何しに？」

「本を納めるんです。わたしの老師が書いた本を」

「ああ、そう。だったら君がわざわざ、仙文閣まで行く必要はないよ。その本を僕に渡してくれればいい。僕は仙文閣の典書《てんしょ》で、徐麗考《じょれいこう》という者だ」

事もなげに彼は告げた。

「典書？」

瞬《まばた》きした文杏の反応から察したらしく、彼、徐麗考は答えた。

「仙文閣に所蔵する本を集め、選ぶ。さらに所蔵した本を分類、管理する役目を負う者を、典書と呼ぶんだ。仙文閣に仕える者の、一人だ」

戸惑って麗考を見つめる。仙文閣の典書という存在が、ぴんとこない。

嬉《うれ》しいとか、驚いたとかいう気持ちも出てこない。

そもそも文杏は、自分が仙文閣の様相を、具体的に想像できていなかったことに気づく。さらにそこで働く者となると、考えたこともない存在。

（そうか。仙文閣にも当然、そこで働く人がいる。仙文閣の真下に来たんだから、そんな人に会える可能性もあるだろうけど）

戸惑いを知ってか知らずか、麗考は続けて口を開く。

「どのみち仙文閣に所蔵される本は、僕たち典書があつかう。僕に渡してくれれば、君の手間は省ける。君が仙文閣へ持ち込もうとしている本は、どこ？」

差し出された麗考の手を咄嗟《とっさ》に避け、懐を押さえた。

「渡しません。嫌です」

警戒心が頭をもたげていた。拒絶の言葉に、麗考は不可解な顔をする。

「どうして」

「自分の手で仙文閣へ納めます」

「僕は典書だと言ったろう。君が持ち込むのも、僕が持ち込むのも同じだ」

「同じじゃない」

相手から目を離さないように、文杏は身構える。

「あなたが仙文閣の典書だという、証拠はない」

「証拠？　身分を示す閣符《かくふ》を見せようか？　仙文閣に入るための札だ」

「わたしは閣符がどんなものか知らないから、見せられても本物と偽物の判別がつかない。仮に、あなたが典書だったとしても、この本を仙文閣に納めてくれる保証はない」

「仙文閣の者が、本を粗略にあつかうことはない」

「どこにでも例外はある。あなたが例外ではないと、言い切れない。簡単に人を信じると、ひどい目にあう」

「随分、疑《うたぐ》り深いな」

麗考の声には呆《あき》れるよりも、どこか感心した響きがあった。

「この本を書いた柳老師だって、友人と信じてた人に殺されたもの」

口にすると、ずっと胸の中で燻《くすぶ》っている怒りが、風を吹きこまれた炎のように大きくなる。

（そうだよ。信じてはいけないんだ）

文杏は挑むように、彼を見返す。

「あそこだ！」

湿地に男の声が響く。ふり返ると、森から湿地へ続く道の中ほどに追っ手の騎馬が見えた。城謗《じょうぼう》は馬から飛び下り、木道へ向かってくる。

(見つかった!)

血の気が引く。逃げなければと、麗考の傍らを抜けて走りだそうとしたら、手首を摑《つか》まれた。

「追われているのか? 何をしたんだ、君」

「わたしは、何もしてない」

「ならなぜ追われる。もしかして追われているのは、君ではなく、その本?」

「だったら!?」

城謗たちの走る振動が、木道を伝わってくる。

文杏は必死に、麗考の指を引き剝《は》がそうともがく。

「本を、僕に渡す気はない? 僕が仙文閣の典書で、仙文閣へ持ち込むと約束しても?」

真っ直ぐな碧い瞳は、澄んでいる。そんな目を、うっかり信じてしまいたくなる。

けれど確証もなしに信じてはいけない。

懐に抱いているのは、柳老師が残したもの。魂の欠片《かけら》。それを容易に手放してはならない。

手放せば、二度と戻らない可能性だってあるのだ。柳老師の命のように。

「わたしは簡単に、あなたを信じちゃいけない!」

硬い文杏の声を聞くと、麗考はどこか頼もしげに「そうか」と言って、目を細めた。

「それならば仕方ない。逃げよう」

ぐんと腕を引っ張られた。麗考は文杏の手首を握り、泉山の方へと駆けだす。咄嗟のことに驚き、足がもつれそうになるが、すぐに体勢を立て直し文杏も走っていた。

（この人。足、速い）

里《り》では俊足で通っていた文杏が、麗考の速度に合わせるのが精一杯。

「助けてくれるの？　逃げるって、どこへ」

息も乱さず麗考は走る。走りながら、視線を前にすえたまま答えた。

「仙文閣」

「連れて行ってくれるってこと⁉」

「本を渡す気が、ないようだから。一緒に連れて行くしかない」

「本当に……」

「本を、僕に渡す？」

「嫌だ！」

「じゃあ、やっぱり、連れて行くしかないじゃないか。事情はよくわからないけど、彼らに捕まったら本を取られるんだろう」

そこで麗考は小さく呟《つぶや》く。

「誰かに本を取られるなんて、癪《しゃく》に障る」

山夏州を立ってから、人目を避けて旅して十数日。幻を追っているような頼りなさを感じたこともあったが、現実に仙文閣は存在し、目の前に迫っている。

息はあがるが、同時に胸も高鳴る。

神仙譚《たん》のような伝聞でしか知らない仙文閣とは、どんな所だろうか。

(仙文閣へ行ける！　やっと行けます！　柳老師！)

喜びに大きく息を吸い込んだとき、不意に、鼻から喉《のど》へ爽《さわ》やかな香りが抜ける。

はっとすると同時に、麗考の腰下げ飾りが鎖の音を立てた。音を立てたのは、細い鎖の先に、小さな銀の球体がついた香毬《こうきゅう》。そこから香りが立っているのだ。

(これは書庫の香り。送士香《そうしこう》)

竹簡《ちくかん》や帛布《はくふ》、紙に書かれた様々な本を虫食いから守るため、柳老師が定期的に書庫で焚《た》いていた香と同じ。香炉に火を入れる柳老師の繊細な手つきや、目を細めて書庫を見回す横顔を、思い出す。

急に目頭が熱くなる。

(柳老師)

文杏にとって、この世で一番大切な人だった。

失ったものの大きさが、胸を塞《ふさ》ぎそうになる。

(柳老師。柳睿《りゅうえい》老師)

柳睿。それが文杏の育ての親であり、師でもあった人の名。柳老師は、文杏の全てだと言ってよかった。

泣いたら走れない。麗考の走る速度にあわせられなければ、転倒してしまう。

文杏は奥歯を嚙《か》みしめ、走った。

二

顔だけはぼんやりと覚えているのだが、文杏は両親の名を知らない。

両親が亡くなったとき、文杏は四歳。母のことは単純に「娘《かあさん》」、父のことも「爹《とうさん》」とだけ呼んで、両親の名を意識したこともなかった。

おぼろげな記憶にあるのは、両親はどこかの貴族の荘園で働く、私奴《しど》——私有の奴隷だったこと。私奴には戸籍がなく、婚姻すらも主《あるじ》が決める。

私奴の両親から生まれた子も、また私奴である。

主は、文杏を売ろうとした。両親はそれを受け容《い》れず、文杏を連れて逃げ出したらしい。しかし戸籍のない者がろくな仕事に就けるわけもなく、寝る場所も定まらない。

両親は飢えと寒さで衰弱し、とうとう路傍で文杏を真ん中にして座りこみ、息絶えた。

凍った土の上に、雪が薄く積もっていたのを覚えている。真冬だった。

左右から文杏を抱いた両親の体が、時の経過とともに硬くなり、温《ぬく》もりが消える。座りこんだ地面は固く冷たく、冷気が凶暴なほどに足先や腰を嚙んで痛い。文杏は寒さと怖さに歯を鳴らしていた。目の前をちらちらと、雪が舞っていた。

そこに通りかかったのが、柳老師だった。

当時、二十五歳。彼は中央官職を辞し、故郷へ帰る途上だった。死してもなお我が子を守ろうとするような両親を憐《あわ》れみ、文杏を拾ってくれた。

「あの時は、わたしも随分と打ちひしがれていたけれど。文杏と、君のご両親を見たとき、この子を救う宿命だったのであれば、都落ちにも意味があると思ったよ」

後に、柳老師は文杏にそう言ったものだ。

山夏州安県柳可《あんけんりゅうか》。そこが柳老師の故郷だ。柳家は、柳可に荘園をもつ代々の貴族。しかし没落はなはだしく、血筋は柳老師一人を残すのみ。領地は大部分が没収されていた。

柳老師は幸い頭脳明晰《めいせき》だったので、若くして、都の最高官学《かんがく》の一つである国子学《こくしがく》に入学した。官学とは、国が運営する学校。そこで数年学んで、登国試《とうこくし》を受けて官吏になった。

二十歳を少し過ぎた頃には、異例の出世をとげた。国子学を含む四つの最高官学の管理を司《つかさど》る、国子監《こくしかん》の副長官、司業《しぎょう》にまでなった。

しかし司業に就任して四年後。皇帝の世継ぎ問題で宮廷は揺れ、皇帝が禅譲。

その結果、前皇帝と関わりが深い官吏を一掃する令が発せられ、柳老師も職を辞したのだ。

「ちょうど潮時だった。どんなに良い制度を作り運用していても、内輪もめで皇帝が変われば、一気に崩れ去るのだから。莫迦莫迦《ばかばか》しくなってしまう」

柳老師は、そうとも言っていた。

故郷の柳可に帰った柳老師は、『青学館《せいがくかん》』という私塾を開いた。

近在の子どもに読み書きを教え、時には大人たちにも講義をした。

柳老師が大人たちに講義したのは、彼が官吏であったとき疑問を抱き続け、それに自分なりの答えを出したことについて。

「なぜ、皇帝、貴族、民、奴《みんど》と、人の区別がされているんだと思う？　誰しも同じように生まれてくるのに。君はこの現実をどう思う、文杏」

向かいあわせに座り、夕餉《ゆうげ》の粥《かゆ》を口に運びながら、柳老師はよくこんなふうに文杏に問いかけた。

「理不尽に感じます。生まれる場所が違ったら人の価値が変わるのを、正当と論ずる人もいます。けれど、根拠が曖昧《あいまい》すぎるように思えます」

「わたしは、どこに生まれた者でも、人の価値は等しいと信じている。誰しも、自分の身の安全をはかり、自分のやりたいと思うことをしていいはず。蔑《さげす》まれる必要はないと、周囲に要求していいはずだ。皆が等しい価値のある存在なのだから、誰であろうが、誰かに対し横暴に振る舞ってはいけないはずなんだよ」

柳老師の言葉は、文杏が知っているこの世の仕組みを真っ向から否定する。

聞くと心が弾む。逃げ場のない檻《おり》の中で、紐《ひも》で括《くく》られて生きる現実から、解き放たれるような心地よさ。

「じゃあ。郷《ごう》や里《り》の長だからって、郷正《ごうせい》や里正《りせい》が、人を鞭打《むちう》ったり威張り散らしたりするのも、変ですよね。柳老師」

「皇帝が国を治める春国では身分や官職があって、横暴も認められてしまっている。統治する者も、実は統治される者と対等なのだから、本来なら民が認め求める者こそが、統治者になるべきだろう。民の主も、また民であると。そんなふうに根本から変えられれば、いいのだろうが。それは現実的ではない」

こういうとき、柳老師は無力感を噛みしめるような顔をした。

「ただ現実的ではないと、諦《あきら》める必要もない。郷正や里正が、人は皆等しく価値があると意識すれば、横暴はなくなる。そうすれば今より、暮らしよくなるはず。制度や法を変えずとも、意識を変えればやり方が変わる。それだけで充分、良くなるはずなんだよ」

人は皆、等しい存在。本来ならば誰に支配されるいわれもない。故に統治する者は、支配してはならない。統治と支配は違う。

柳老師は十年以上辛抱強く、こういったことを説き続けていたのだ。

そのうち郷正や里正のなかにも、彼の言葉に動かされる者が出てきた。彼らは税の取り立てや、郷や里の統治の方法を少し変えた。そこに住む者の暮らしは、やりやすくなった。

柳老師は常に静かに、穏やかに説いていくだけ。最初は小莫迦にして笑っている人も、そのうち人柄に心を動かされ、話に耳を傾けるようになる。

文杏は、柳老師に拾われたこと、教えを受けていること、一緒に住んでいること、全て誇らしかった。

時々、近所に住む李《り》婆さんという人が家事の手伝いに来ていたが、たいがい柳老師の身の回りの世話は文杏がした。それすらも文杏の誇り。

柳老師から言葉の使い方を教えられると、思考が深くなった。

文字を読むことを学べば、本から膨大な知識を得られ、思慮へと繋《つな》がった。

柳老師に質問を投げられ、それに答えて簡単な議論をする。それがまた楽しかった。

教えを受けることで、文杏は変わった。食うことと寝ること以外に興味がない獣から、徐々に人間になっていった。

柳老師の優しさに触れながら成長することで、さらに人間らしくなれた。

文杏が風邪で寝込めば、柳老師は日に何度も寝ている彼女のところへ来て、「具合はどうだい」と、問う。「何度訊《き》いたって、熱は下がりゃしませんよ」と、李婆さんに叱《しっ》責《せき》されても、その後も心配そうに顔を覗《のぞ》かせた。

食べざかりの文杏のために、いつもおかずを半分、「わたしは、お腹がいっぱいだから。文杏がお食べ」と言って差し出してくれた。

庭の李《すもも》の木にのぼって実を齧《かじ》っていたら、下から「こらっ。行儀が悪い」と叫ばれた。

見下ろすと柳老師が笑っていて、「わたしにも一つ、投げておくれ」と、手を出した。

青学館の悪がきと喧嘩《けんか》をして、「この莫迦野郎！」と怒鳴っていたのを聞かれ、「言葉遣いに気をつけようね」と苦笑いされた。

思いやりと、澄みきった愛情に包まれて、文杏は闊達《かったつ》な少女になった。

柳老師が好きだった。この世の誰より好きだった。

下手をすると、天神や神仙よりも信頼していた。

師ではあるが、父のようでもあり。彼は若々しく整った顔立ちをしていたので、年の離れた兄のようでもあり。

文杏の心に生まれる様々な『好き』は全て、柳老師に集約されていた。

彼のそばにいられれば、文杏の世界はそれで完璧《かんぺき》だった。

柳老師は、『文杏を、都にある四門学《しもんがく》に入れて勉強させてやりたい』といつも言っていた。四門学は官学。春国で最も高度な学問を学べる場所の一つで、庶民でも入学できる。文杏も四門学で学んでみたいとは思っていたが、柳老師と離れるのは嫌だった。そんな機会に恵まれても、真剣に悩んだだろう。

田舎の、静かで単調な生活が、彼女にとってはなによりも尊かった。

毎朝早起きして朝餉《あさげ》を作り、柳老師が起きるのを待つ。洗濯物をして、掃除をして、青学館の手伝いをする。空いた時間で本を読む。水をくむ。

夕餉の準備をする。夕餉を食べながら様々な議論をし、本の話をした。

夜は、文杏は自分に足りない勉強。

柳老師はここ数年、本を書く作業に没頭していた。彼の言葉を聞き入れた郷正や里正が管理する地域は、農民が逃げ出す兆戸《ちょうこ》が減った。噂を聞きつけた遠方の郷正や里正が、彼の話を聞きたいと希望するようになっていたからだ。

遠方へ出向く暇がないので、彼は自分の考えを、本にまとめることを思いついたらしい。

「わたしが出向かなくとも、本は、どこまでも言葉を運んでくれるからね」

と、嬉《うれ》しそうに言っていた。

毎夜、柳老師はこつこつ書き進めていた。書いたものを推敲《すいこう》し、書きなおし、また推敲し、清書した。それをまとめて、ようやく一冊の本になっていた。

書名は『幸民論《こうみんろん》』。

本ができあがったのが、文杏は我が事のように嬉しかった。

多くの人がそれを読めば、この世はもっと良くなるはずだと信じた。柳老師の言葉が広がることは、彼の温かさが広がるのと同じ気がして、文杏の生きる世を、やんわりと大きく包んでくれるような幻想を抱いた。


なのに。

全てが消えた。

三

走りながら背中越しに、ふり返りもせず麗考が訊く。

「君、泣いてるの？」

はっとした。送土香の香りに触れ、どっと記憶が吹き出していた。頭のほとんどを過去に占領されていたらしい。

「泣いてない」

息をあえがせながら答えた。実際、泣いていない。麗考の速度にあわせるために、奥歯を食いしばり走っているのだから、泣こうにも泣けやしない。

「そう」

訊いたわりには素っ気なく返し、麗考は木道から飛び下りた。

細い草葉が群生する島に着地すると、泉山の切り立った崖《がけ》に向かって走る。鋭い草葉が、足首や手の甲に触れ、浅く皮膚を裂く。

正面には、屏風《びょうぶ》のように立ちはだかる岩の壁。

「こんな所へ逃げ込んだら、行き止まりだ」

叫んだ文杏は、追い詰められるのを恐れて背後をふり返る。木道を走る音は響くが、うまく距離をとったらしく、追っ手の姿はまだ見えない。

「いや、行き止まりじゃない」

岩壁の前まで来た。麗考は走る速度を緩め、半身を返す。手首を摑《つか》まれていた文杏は彼の動きにふり回され、体が半回転した。そこで目に入ったものに驚き、息を呑《の》む。

「階段!?」

立ちはだかる岩の背後に、細い石の階段があった。岩の隙間に挟まれるようにして、山肌の岩に刻みこんである。

岩壁伝いにゆるく上へ続く細い階段は、岩の屛風に目隠しされていた。

木道から見れば、ただの岩壁だった。

知っていれば誰でも上れるが、知らなければやり過ごしてしまう。

階段をあがりはじめると、二人の姿は岩の屛風に隠された。木道を走る追っ手の足音は、近づいてきたと思うと、すぐに遠ざかる。

安心したのか、麗考は握っていた文杏の手を放す。

おそらく、逃げおおせたのだ。安堵《あんど》し、膝《ひざ》裏の力が抜ける。その場に座りこみたくなるが、岩に手をかけて体を支える。息を整えた。

「仙文閣の出入り口。こんなところに隠されてたんだ」

「隠しちゃ、いない。注意深くしていれば、すぐにわかる」

「でも、わからなかった」

「それは、よっぽど慌てていたか。もしくは日頃から、君が散漫なのか。どちらかだ」

視線をあげた。細い階段は急角度で、延々と山肌にそって伸びている。先は見通せない。左右を岩に挟まれ、いまにも行き止まりになりそうで心許《こころもと》ない。

「道が細すぎじゃないかな?」

「本を読む者や、持ち込む者には、大きな道は不要だ。集団で押し寄せたりしないから。大挙して来るのは、たいがい本を焚《や》く莫迦《ばか》だ」

飄々《ひょうひょう》と、麗考は毒を吐く。おっとり穏やかそうなのだが、言いたいことは言う質《たち》らしい。

(初対面で、子猿だもの。この人、顔に似合わない毒蝮《どくはみ》か)

のぼるにつれ空気が乾いてくる。

「君がそこに抱えている本は、なんという本?」

前を歩きながら麗考が問う。

「わたしの老師の柳睿が書いた、『幸民論』という本」

「書名からして、思想書か。仙文閣には所蔵されていない本だ。柳睿という人の著書も、ない」

「柳老師がこの春に完成させたばかりで、この一冊の他にはないもの。写本も作っていないし」

麗考が、やっとこちらをふり返る。目に嬉しそうな色が見えた。

「だったらその本、取られなくて良かった。失わずにすんだ」

　しかしそこで、にわかに不審な表情になり首を傾げる。

「そういえば、君は誰だ？　何者だ」

　今更、問われた。確かに文杏も名乗り忘れていたが、目の前の人の素性よりも先に本の名を訊く麗考は、ちょっと変わっている。

「柳文杏。山夏州で、青学館という私塾を開いていた柳睿の弟子」

「姓が、君の老師と同じだな」

「両親に死なれ、柳老師に拾われたから。自分の名は知っていたけど、姓はわからなかった。だから柳老師の姓をもらった」

「養い子か。僕と同じ」

　言葉の最後が聞き取れず、「えっ？」と問い返そうとしたが、その前に麗考が、階段の先を指さした。

「着いた。仙文閣の門だ」

　岩に挟まれた細い階段が終わると、踊り場のように平坦《へいたん》な大岩の上へ出た。

　岩上に、黒い甍《いらか》を六本の柱で支えた門がある。甍の四隅は外側へ向け長く反り返り、そのゆるい曲線上に、神獣らしき飾りが十二個並んでいる。龍《りゅう》や鳳凰《ほうおう》、虎、牛、獅子《しし》と、意匠は細かい。ただ長年の風雨で色彩を失い、甍の黒と同化している。

　垂木や梁《はり》や柱は、防腐の薬が塗られて濃い飴色《あめいろ》にくすみ、大きく開かれている分厚い扉も、同様の色。

門の脇に小屋があり、青年が一人立ち番をしていた。麗考と似た黒の袍《ほう》を身につけた彼は、門番らしい。麗考の閣符を確認すると、文杏には台帳のような紙の束と筆を渡し、名と出身地を書くように命じた。その下に麗考が、保証人として名を添える。

麗考が筆を走らせていると、門番の青年は探るように文杏に目をやり、

「おい、麗考」

と、彼の耳元に口を寄せ、何か囁《ささや》く。麗考は青年を見やる。

「どういうことだ」

「俺に訊《き》かれても、わからんさ。閣監《かくかん》に聞け」

「そうしよう」

わずかに不満そうな表情で麗考は答え、筆を置く。文杏は、文字が書かれた木札を渡された。門を潜るための許可証らしい。

門にかかる扁額《へんがく》を見上げた。『仙文閣門』とある。

手にある木札を握りしめた。

とうとう、来た。幼い日に柳老師に教えられ、いつか行ってみたいと願った場所。

あの頃は、楽しい想像ばかりしていて、こんな役目で来るとは思わなかったが。

(来ました。柳老師)

心の中で告げ、麗考に伴われて門を潜った。

一歩。門を入ると送士香が強く香った。

目の前の光景は予想外で、文杏の視線は忙《せわ》しく辺りを巡る。

泉山の山頂は、平らに切り拓かれていた。山の頂を横に斬り飛ばし、そこに門や建物を配したような場所。いびつな円形を成す平地の外周には建物が並び、黒い甍が連なっている。ぐるりと並んで、台地の縁を埋めているらしい。その背後は崖だ。覗《のぞ》きこめば、目眩《めまい》を起こして墜落しそうな高さ。

台地の外周に建つ建物だけで、百五十棟はあるだろうか。ほとんどが平屋だが、中には二層の建物もあり、人が出入りしていて活気がある。

岩に挟まれた心細いほど長く狭い石段の先に、これほど人が住んでいるとは思わなかった。建物や賑《にぎ》わいから察するに、三、四百人の住人はいそうだ。

(でも、兵の一人もいない)

外敵の侵入は困難そうではあるが、武装している気配がない。どうやって朝廷が禁じる本を守っているのだろうかと疑問が湧く。

敷地の中央には、目を瞠《みは》るような建物があった。

「大きい」

北東、南東、南西、北西に四つの出入り口がある、円形の建物。文杏の目の位置ほどの高さがある、石の基壇の上に建っていた。周囲を巡れば四百歩以上だろうか。

木と石を組み合わせた、二層の楼閣。

円形の甍の頂点付近には、陽光を反射するものが等間隔に円く並んで輝いている。細い冠に似ていた。長い軒端は反り、柔らかで丸い傘がたわみ、空に羽ばたこうとしているかのよう。

壁の下地は石らしい。黒い漆喰《しっくい》が塗られているが、所々剝《は》げ落ち、下地の石が見えていた。

建物の正面、南東の出入り口の上には扁額が掲げられ、『仙文閣』とあった。

先を行く麗考が足を止め、円形の建物を見上げる。

「仙文閣。これが」

「そう。そもそもこれこそが、仙文閣。書庫だ。五百年前、書仙・言子長《げんしちょう》が本を蔵するために作り、仙文閣と称し、守れと人に引き継いだ。仙文閣を守る者が集まり、その者たちが住むこの場所もひっくるめて、今では仙文閣と呼ばれているけど」

五百年の時を経た建物を、見たことがなかった。文杏の周囲にあった建物で最も古かったのが、柳老師の宮室《やしき》。それでも築年数は百二十年弱。春国ですら建国三百年。

古来、内乱の激しかった大陸では、破壊されるものが多い。さらに時々の権力者は大規模な土木工事を好むので、壊しては作り、作っては壊すことを、何十年、何百年単位で繰り返す。

そんな世で、五百年存在するだけで奇跡的だ。

反り返る甍を誇るように、仙文閣は黒々した姿で文杏を見下ろす。静かに台地に食い込み建ち続け、容易に崩れはしないのだと、無言の威圧で伝えてくる。

（この中に、たくさんの本があるんだ。この建物は実際、五百年も建っている。これからもずっと建ち続けるなら、ここに納められる本は永久に守られる。そういうこと）

感嘆しながら仙文閣を見上げていて、ふと気がつく。

仙文閣の扁額は雨風にさらされて、木目がささくれていた。色も剝げている。さらに目を移すと、木材が使われている垂木飾りや窓には浮き彫りの意匠が施してあるが、長い年月のうちに摩耗し、何が彫られているか定かではなくなり、黒っぽくくすんでいる。改めて見ると、石の土台や壁は、かなり割れていた。

（大きいけど意外に……古風）

頭をよぎった「おんぼろ」の単語はさすがに失礼だと、意識の底へ押しこむ。

文杏は無意識に、仙文閣は天仙の住むような、絵空事に近い場所を想像していたのかもしれない。だから麗考が目の前に現れたとき、ぴんとこなかったのだろう。彼の存在が、あまりにも現実的すぎて。

ようやく目にした仙文閣は、時の流れを身に纏《まと》い威厳が漂うものの、傷みも目立つ。

志ある人々が守り続けている、現実の場所だ。

仙の力に支配された、人智を超えた仙境の一隅ではないらしい。

（仙境でなくとも、ここに所蔵される本が守られるのは間違いないはず。仙文閣は存在して、それを守っている人たちがいるんだから）

再び歩き出した麗考が、口を開く。

「これから、閣監——仙文閣の長に会ってもらう」

「その人に会えば、本を納めさせてもらえるの？」

文杏は期待し声を弾ませるが、麗考はふり返りもせず黙って歩く。文杏は食い下がった。

「教えて。納めさせてもらえる？」

麗考は歩調を緩め、彼女と並ぶ。

「『幸民論』は、なぜ追われている。書かれたばかりなら、誰も内容など知らないはずだ」

「どうしてそんなことを訊く必要があるの？　それよりも」

「その本を仙文閣の蔵書とする可能性があるなら、僕たちは、その本の事情を知る必要がある。それによって本のあつかいも変わるし、仙文閣として、君にどう対処すべきかも変わってくる」

碧玉《へきぎょく》の瞳《ひとみ》が険しい。

（答えなくては、いけないみたい。当然だろうけど）

事情を、教えたくないのではない。文杏はまだ全てを受けとめきれていないから、その事情を口にするのが苦痛なだけ。

気持ちを宥《なだ》めるために、息を整え口を開く。

「これを書いた柳老師が、反逆の罪で処刑されたから。皇帝の治世を批判して、反乱を促して廻《まわ》ったと。だから柳老師の残した本は、焚《や》いて灰にする命令が山夏州の州刺史から出てる」

二章　仙文閣の典書

一

極力感情を抑え、淡々と答えた。

言葉にすると、沸きあがる哀しみや怒りが、心を握りつぶそうとする。文杏の心を圧迫しようとするそれらを、大きく息をして体の外へ吐き出す。

「ひと月と、少し前。突然、そんなことになった」

災厄は突然やって来た。気持ちの良い春の日、安県の兵が青学館に踏みこんで来て、柳老師を捕縛した。罪状は皇帝への反逆罪。密告があったという。

すぐに、柳老師を慕う郷正や里正が、県の長官である県令《けんれい》に、「誤解」と訴えてくれた。

さらに柳老師の学友に、山夏州の長官・州刺史を務める高芳《こうほう》という人がいた。高芳が口添えしてくれるに違いないし、それさえあれば無罪放免になる可能性が高かった。

県令は、県よりも上位の行政組織の長である州刺史の意見には、逆らい難いはず。

それもあって、文杏をはじめ誰もが、柳老師は早々に放免されるだろうと考えていた。

しかし。柳老師はろくな審議もなく、県令の手により処刑されたのだ。

「本を守ってくれと、柳老師本人に頼まれたのか」

麗考に問われ、文杏は首を横に振る。

「捕らえられ、獄に繫《つな》がれ、そのまま処刑されたから。そんなこと言い残す暇もなかった。わたしたちも里正から、処刑されたと知らせを受けただけで。きっと柳老師も、帰れると思っていたはず。州刺史が友だちだったから」

柳老師はいつ戻れるだろうかと、文杏は知らせを待っていた。

李婆さんも毎日やって来ては、心細そうな文杏を励ましてくれた。

李婆さんは、もとは柳家の私奴だったが、二十年ほど前、柳老師が手配をして戸籍を与え解放した。その恩は生涯忘れないと言い、なにくれと柳老師と文杏を気にしてくれていたのだ。

二人で待ち続け、ひと月。ある朝、里正が真っ青な顔で駆けてきた。

「柳老師が処刑された」と、里正は血の気を無くした顔で告げた。彼はその朝県令に呼ばれ、柳老師の顔を確認させられたという。「この者が柳睿に違いないか」と問われ、「そうです」と答えると、そのまま柳老師は刑場に引き出された。

そして、斬首《ざんしゅ》された。里正はそれを見ていた。

里正は、動揺しながらも駆け戻ってきたのだ。彼は震える声で、「青学館に、もうすぐ県令の兵が来る。柳老師が書き残した本を没収して、焚《や》く気だ」と教えてくれた。

にわかには信じられなかった。そんな莫迦《ばか》なことはない、と。

頭が真っ白になり、文杏はその場にへたりこむしかなかった。

李婆さんは、そんな文杏の頰をひっぱたき、二の腕を摑《つか》んで無理に立たせた。呆然《ぼうぜん》とする文杏を置いて書庫に走り、『幸民論』を手にして再び駆け戻ってきた。『幸民論』を文杏に押しつけ、李婆さんは言ったのだ。

『呆《ほう》けてんじゃないよ、文杏！　これをもって逃げな。柳老師の言葉まで殺させるんじゃない』

はっとした。それと同時に、殺させるものかと、胸の中で何かが声をあげていた。弾《はじ》かれたように動き出し、文杏は急いで旅支度をした。

出発の直前、里正から「どこか、逃げ込めるあてはあるのか」と訊《き》かれた。文杏には身内がないので、当然あてなどないが、そのときに閃《ひらめ》いた。仙文閣へ行けばいい、と。柳老師から、何度か聞かされていた話を思い出したのだ。

時の王朝が禁書とする本さえ守ってくれる場所なら、柳老師の本も守ってもらえるはずだと。

「あてはあります」と答えた文杏の背を、強く押し出しながら李婆さんは言った。

『行きな、文杏。そして、よくお聞き。いいかい？　その本は、あんたの希望になる』

文杏は、北東へ向かった。

旅の途中でわかったのは、柳老師の処刑を許可したのは、高芳だったということ。州刺史の許可なしに、県令が捕らえた罪人の処刑は禁じられている。裏を返せば、州刺史が「処刑せよ」と、命じたに等しいのだ。

そもそも、柳老師を密告して県令に捕縛させたのも、高芳だった。

旅の途中で、州の下っ端役人が酔った勢いで喋《しゃべ》っているのを直接聞いたのだ。

それは、道沿いに点在する宿の餐庁《しょくどう》でだった。

壁際で目立たないように食事をとり、文杏は宿を出ようとしていた。その彼女の背後に座った役人たちが、「あの男は気の毒だった」と、柳老師のことを話し始めたのだ。

高芳は、柳老師が人に慕われ、影響力を発揮するのが面白くなかった。学友だったからこそ、嫉妬《しっと》が激しかったらしい。柳老師は中央官吏になり異例の出世をとげたが、高芳は地方官から抜け出せない。柳老師は職を辞してもなお、人に影響をおよぼす。目障りだったのだろう。高芳は徹底的に柳老師の痕跡《こんせき》を消そうと、彼が書いた本があると知るとそれを危険な本とし、没収して焚書《ふんしょ》とする命令も出した。

本をもって弟子が逃げたと知ると、州内に手配書をばらまいて追っている。

下っ端役人たちは、高芳の嫉妬深さを、呆《あき》れ半分面白半分に話していた。

聞いているうちに耳の奥が脈打ち、熱くなって、周囲の物音が遠のいた。目がくらむような怒りを覚えた。叫び、道をとって返し、今すぐにでも高芳を殺しに行きたかった。

しかしそれを堪《こら》えて席を立ち、黙々と歩き出せたのは、懐に抱えた本があったから。

怒りにまかせて行動すれば、柳老師が残したものが失われる。

旅立つ直前、李婆さんが文杏にかけた言葉を、旅の途中で何度も思い出した。

――よくお聞き。いいかい？　その本は、あんたの希望になる。

確かに、希望には違いない。

柳老師が死んだ事実を受けとめきれないまま、旅に出た。彼の書き残した言葉を守るという一念がなければ、身動きすることさえできなかったはず。

仙文閣に本を納めたあと、自分はどうなるのか。

役目を終えれば、大きな哀しみや怒り、絶望が襲ってくるだろう。それを今せき止めているのは、本を守る使命感。李婆さんが言うところの希望。

希望が取り払われたら――。

口元に苦い笑いが浮かぶ。

「李婆さんも里正も、柳老師の本を守りたかった。わたしも、ただそれだけで」

「そんなふうに笑うな」

麗考が、冷たい声で文杏の言葉を遮った。

(笑った？)

無意識だったので、自分の表情に気づかなかった。驚いて見返した文杏から、麗考はぷいと目をそらすと、少し怒ったような顔で前を向く。

敷地内では、どこにいても送士香の香りがした。空間に香りが染みこんでいるようだ。よく見ると、すれ違う人たちが皆、腰帯から香毬《こうきゅう》を下げている。

仙文閣を回り込み、敷地の最奥まで来た。門は南向きだから、最北となる場所。この拓かれた台地の崖《がけ》の縁には、建物が連なっている。それらの建物は、ひと棟ひと棟が横並びに、肩を寄せ合っていた。

最北のこの場所だけ、様相が違う。塀を四角く巡らせ、中に四つの建物が互いに向かい合って配された宮室《やしき》になっていた。

宮室が要《かなめ》になって、崖の縁を埋める建物を繋げ、輪にしているような印象を受ける。北の要がこの宮室で、南の要が門。そんなところかもしれない。

円く塀をくりぬいて、宮室の出入り口としてあった。縁に花鳥紋様を描いたそれを潜ると、正面に堂屋《どうおく》。

建物に囲まれた院子《なかにわ》の灯籠《とうろう》に、蠟燭《ろうそく》が揺れていた。辺りは薄暗い。西の空には淡い朱の雲が滲《にじ》む。

いつの間にか、日が暮れようとしていた。

正面の堂屋にも灯《あか》りが揺れていた。太い蠟燭が石の床に何本か置かれて、それらは水晶をくりぬいた筒の中で揺らめいている。水晶の筒を使う灯火は、初めて目にした。珍しい燭台《しょくだい》だ。

人の気配はない。

院子を真っ直ぐ進んでも、左右の建物には人の姿も見えず、声も音もしない。

麗考は文杏とともに数段の石段をあがり、堂屋に入る。そこで麗考は礼をとり、目顔で文杏にも礼を促す。彼に倣う。

「王《おう》閣監。徐麗考です」

「人嫌いのそなたが女の子を連れてくるとはの、麗考。多少、人並みの色気も出てきたか。喜ばしい限りよ」

まろやかな、低い声。堂屋の奥手には絹を張った素屏風《すびょうぶ》があり、その背後から、白っぽい袍《ほう》を身につけた男が出てきた。

男の年齢はよくわからない。二十代にも見えるし、ひょっとしたら五十を過ぎているかも、とも思わせる。要因は、仮面めいた、のっぺりとした白い顔だ。笑みをたたえているような、弓なりの形の切れ長の目。薄い唇は口角があがり、笑っているような印象。

「本を連れてきました。女の子を連れて来たつもりはありません」

軽口が気に入らなかったらしく、麗考はぴしりと答えた。しかし相手は、鷹揚《おうよう》に受け流す。

「本？　ほう、そうか。麗考にも伝わったか」

「門で聞きました。秘書少監《ひしょしょうかん》から要請があったという、例の者。偶然、泉山の麓《ふもと》でみつけたので連れて来ました」

文杏は眉《まゆ》をひそめた。

麗考は、「秘書少監から要請があった」と言ったか？

秘書省《ひしょしょう》と呼ばれる組織が、春国の中央行政にはある。官営の書庫を管理し、史書を編《へん》纂《さん》し、有益な本を集める役割を負う。秘書少監とは、秘書省の副長官のこと。

彼らの会話が妙だと思う間もなく、白い顔の男が頷《うなず》く。

「そなたが柳文杏か」

問われた瞬間、ぞっとした。

（わたしの名を知ってる！）

これは、なにかの罠《わな》にかかったのだろうか。

「吾《われ》は仙文閣の長、閣監を務める王天佑《てんゆう》という者だ。怯《おび》えなくても良い、柳文杏。そなたを、とって食おうというわけではない。ただ」

文杏の顔色が変わったのを見て取った男は、細い目をさらに細め、笑う。不吉な感じすらした。

「ただ。秘書少監から仙文閣に対して、要請が来ただけ。もし、禁書を持ち去った柳文杏という娘が現れたら、引き渡して欲しいとの」

全身が緊張した。

これは、まずい状況かもしれない。

仙文閣は、禁書でも守ると聞いていた。柳老師もそう言っていた。

しかし守るためには、守れるだけの力が必要。だから武力を備えているか、ひょっとしたら人智を超えた仙境かと思っていた。それなのに実際来てみれば、兵は一人もいない。書仙が残した得体のしれない圧倒的な力も、なさそうだ。

ここには、人の営み以上のものはない。

冷静になれば、不可解。

こんな場所で、どうやって朝廷に逆らって禁書を守れるというのか。

やっと辿《たど》り着いた。だがここは、文杏が期待したような場所ではないかもしれない。

「仙文閣は、あらゆる本を集め守り、禁書であろうと守ってくれる場所ではないのですか？」

身構えながら、仙文閣の長だと名乗った王天佑に問う。

頭の中に、「逃げろ。彼らは官吏と繋《つな》がってる。本を取られる」と焦る声がある。

(逃げろ？　でも、どうやって。闇雲に駆けだして？　それは愚かだよ)

隣には、俊足の麗考がいる。すぐに捕まりそうだ。

(じゃあ、どうする文杏。考えろ)

焦りを宥《なだ》め、逃げおおせる方法を考えようとした。話しかけたのは時間を稼ぐため。

「その通り。吾々が書仙から受け継ぐ使命は、あらゆる本を集め守ること。誰かが禁書と呼ぶ本も、本である限りは守るのが仙文閣の鉄則」

「皇帝が禁書と定めても？」

「無論。実際、現王朝で禁書と定められた本も、仙文閣には所蔵されている」

麗考は腕組みし、無表情で天佑と文杏のやりとりを聞いている。天佑はゆったり榻《とう》に腰かけると足を組む。

二人の落ち着きぶりが恐ろしくて、文杏は、ますます警戒を強めた。

「どうしてそんなこと、可能なんです。禁書を所蔵していると知れば、朝廷が黙っていません」

二

「仙文閣が作られて、春王朝が立つまでの二百年間。王朝が三つ変わったのを知っておるか」

唐突に、天佑が問う。麗考の話では、仙文閣が作られたのは五百年前。その頃の王朝は、可《か》王朝。次が聚《しゅう》王朝で、その次が登《とう》王朝。そして、現在の春王朝だ。

「二百年で王朝が三つ入れ替わった。比べて春王朝は、続いて三百年」

天佑は指を三本立て、揺らす。

「それが、どうしたんですか」

「可、聚、登。どれも滅びる直前に、仙文閣に手を出した。従わせようと画策し、あるいは燃やそうと兵を出した。その度に仙文閣も大きな被害を受けたが、その後いくらも経たず、王朝は滅びる。仙文閣を作った書仙・言子長は、人に仙文閣を託すときに言ったそうだ」

笑顔を貼りつけたような天佑の瞳《ひとみ》に、一瞬冷たいものが光る。

「仙文閣を損なうものには滅びが訪れる、との。それは一種の呪い。実際、仙文閣を損なおうとした王朝が、直後に立て続けに滅んだ。三つの王朝が短命だったのは、偶然かもしれぬ。されど仙文閣に手を出していない春王朝は、三百年続いておる。さあ、ここでそなたが春の皇帝だとしたら、あえて仙文閣に手を出したいと思うかの？　多少目障りではあるが、たいして実害のない仙文閣に」

仙文閣を書仙が作ったというのは、ただの神仙譚《たん》。現実の仙文閣に、仙の力が働いているわけではないはず。

(朝廷の官吏たちだって、そんなことはわかってる。けれど創設にかかわる神仙譚があり、偶然にしても王朝が三つも滅べば、誰しも迂闊《うかつ》に手を出したくない)

呪いと、天佑は言った。

確かに呪いかもしれない。

誰しも、常に何かを恐れている。ことに支配者は、抱えるものが大きく豊潤であればあるだけ、失うことを恐れる。その恐怖心につけ込み、敵をすくませるやり方だ。これが本を守る者たちが考え出した武装で、五百年、うまく機能しているということか。

となれば、仙文閣が禁書を所蔵するのは可能か。朝廷に阿《おもね》る必要はない。

「秘書少監から、わたしを引き渡せと要請があったと言いましたよね？　仙文閣に手を出したがらない朝廷の要請を、なぜ受けるんです」

「早のみこみ」

隣から、麗考がすぱっと言う。

「君は蟒蛇《うわばみ》か。言葉だけを丸呑《まるの》みで、自分の中で勝手に消化か。その丸呑み思考で、こちらを追《お》い剝《は》ぎのように警戒されたのでは、たまったものではない。よく聞いたらどうだ？　王閣監は、要請があったと言っただけ。受けるとは言っていない」

「え。では、受けない？」

目を丸くした文杏に、天佑は苦笑する。

「それも早のみこみだの。受けるとは言っていない。だが、受けないとも、言っていない。仙文閣は朝廷に阿ることはないが、敵対しているわけでもない。官吏たちが、仙文閣の本を読みに来ることも多々ある。時には朝廷から仙文閣へ、書仙へと称して寄進すらもある。吾々も、霞《かすみ》を食べて生きているわけではない。資金は必要。ただ資金のために仙文閣の鉄則を崩すことはなく、崩すよう要求されれば断る。秘書少監の要請も、仙文閣の信念を曲げない方法で、応《こた》えられるものには応える」

天佑は、仙文閣も保身を考えて様々な判断をする、と言っているらしい。書仙が作った場所といえど、現実をうまく渡っていかなければならない、ということ。

要するに、彼らは文杏の敵でも味方でもない。状況次第で、どちらにでもなる。

警戒心が急速に萎《しぼ》む。力が抜けた。

「そうか。そうですよね。当然」

伝えられた現実に、落胆したわけではない。

この程度のことに考えがおよばず、ただひたすら「仙文閣へ行きさえすれば、全てがうまくいく」と思い込んでいたらしい自分のおめでたさが、残念なだけ。

(書仙の力で役人を追っ払って、仙境の一部みたいに超然と存在してるわけじゃない。この世に、夢の国なんてありはしないもの)

でも自分は、信じたかったのかもしれない。

四歳の時、冷たい路傍から抱き上げられた経験があったから。どこかに必ず、全てを包み込んでくれるような救いがあると。文杏の心を、丸ごと救ってくれるような場所があると。

いつもならば、もっと冷静だったはず。柳老師を失って、本を抱いて逃げ出した自分は、随分と混乱して頭に血がのぼっていたのだろう。

ここは夢の国ではない。そうであれば、それにあった対処をして、どうやって柳老師の本を守るか。それを考えなければならない。彼らが敵でも味方でもないならば、やり方によっては望みを叶《かな》えられるはず。

気を引き締めた。

「仙文閣の曲げられない鉄則とはなんですか、王閣監」

まずはそれを、確認する必要がある。

「一つ、あらゆる本を集め所蔵する。内容は問わず。本として体裁を成し、読めるものであれば良い。意味のない言葉の羅列など文書として読めないものは、体裁が整っていても本とは認めぬ。二つ、所蔵した本は仙文閣がある限りこれを守る」

「それだけですか？」

「そうだ」

（ああ、なんだ）

ほっとした。

（それなら、簡単。仙文閣の保身を考えながら、わたしにも都合のいい答えが出せるよ）

だてに柳老師に、教えを受けていたわけではない。答えはすぐに出せた。

「わたしはここに、『幸民論』という本を持っています。これを仙文閣に納めて欲しいと願えば、納めてもらえるんですか」

「蔵書となる候補の本は例外なく、選書会にかけられる。それは典書たちの協議の場。そこで既に蔵書にある重複本は除外される。類本は、蔵書の中にある本と照らし合わせ、類本として所蔵するべきかどうか典書が判断する。その他、重複本、類本以外、本と認められるものは蔵書となる。ただしあきらかな偽書は、常の蔵書と明確に別《わ》けて所蔵される。偽書の疑いがある本は、その真偽が判明するまで偽書として所蔵となる」

「この本は今年の春に、わたしの師であった柳老師が書いたものですから。重複はありえないし、類本もありません。本の体裁を成していて、柳老師の考えが書かれています」

「では、おそらく、その本は仙文閣の蔵書となるであろうの」

短襦《たんじゅ》の懐から革袋を引っ張り出す。その中から、本を取り出した。

墨の香りが濃い。まるで昨日書かれたように墨の黒は艶々《つやつや》で、しっとりとしているように見えた。墨文字に指をあてる。

(良かった。本はきっと守れます、柳老師)

料紙に墨で書かれた、葉子本《ようしぼん》。料紙一枚一枚に、歪《ゆが》みなく丁寧に文字を書き、それらを糸で綴《と》じた線装《せんそう》。申し訳程度に、表紙の料紙だけはすこしばかり質の良い、黄ばみの少ない厚手のものを使ってある。

高級な本にするならば、竹簡や帛布《はくふ》に書いて巻子本《かんすぼん》にすればいい。その方が見栄えが良くて、長持ちする。けれど貧しかったので、紙しか使えなかった。うっかりすると破れてしまうような、頼りない紙。だからこそ仙文閣で、守ってもらう必要があるはず。兵が一人もいなくても、神仙の術はなくても。五百年存続を続けた実績があるなら、大切なものを預けるのには最高の場所だろう。

(とうとう、柳老師とお別れだ)

十日以上前に、柳老師は死んでいる。

それは理解してたが、本を抱いている限りはまだ、彼が一緒にいてくれるような気がしていた。できるなら、これからもこの本を抱いていたい。

だが、手放しがたいからといって文杏が抱えこんでいれば、いつ失われるかわかったものではない。別れは必要だ。それは承知していた。

「この本を仙文閣に納めて下さい。お願いします。本は、秘書少監に渡さないで欲しいんです」

真っ直ぐ、天佑を見つめて告げた。

「そのかわり、わたしを秘書少監に引き渡して下さい。それで仙文閣も顔が立ち、問題がなくなります。秘書少監からは『禁書を持ち去った柳文杏という娘が現れたら、引き渡して欲しい』と要請されているんですよね」

堂屋に、静けさが落ちる。

天佑は無表情、無言。麗考は忌々しげな顔をしていた。

「秘書少監は、柳文杏という娘を引き渡せと言ってるだけで、禁書を引き渡せ、とは要求してない。だったら、わたしを引き渡せばいいはずです。あげ足取りも甚だしいですから、秘書省は苦情を申し立てるかもしれません。でも、依頼通りだと言い張れます。意味が違うとごねられても、正しく伝えなかったそちらの落ち度だと突っぱねられます」

灯火に引き寄せられた蛾が、水晶の筒に何度も突き当たっては無闇に羽ばたいている。

「仙文閣は、本を集め守るのが使命。日々、蔵書を増やす努力を怠らぬ。珍しい本なら、なおさら蔵書に加えたい。良本なら喜ばしい限り。どんな本でも吾々《われわれ》は欲す。そなたが持っている本も、もちろん欲しい。納めるというならば、喜んで受け取り所蔵する。しかし」

そこで小さく咳払《せきばら》いし、天佑は続ける。

「そなたのことが、多少気がかり。吾が秘書少監から聞いた話では、そなた、山夏州の州刺史から謀反の共謀者として手配されておる。秘書省は山夏州の州刺史から報告を受け、禁書の回収を目的として仙文閣に要請をした。秘書省はそなたよりも、本が欲しい。しかし州刺史は、本よりもそなたが欲しかろう。そなたは秘書省からすぐに、山夏州へ引き渡されるはず」

「そうですね」

「山夏州へ引き渡される意味は、わかっておるのか」

「わかってると思います。それでも本さえ、仙文閣で永久に守られて残るんだったら」

次の瞬間、奇妙にも、ふっと笑えた。

「まあ、……いいかな」

文杏の呟《つぶや》きを耳にすると、麗考は彼女をきっと睨《にら》みつけた。

「僕は、君のような蟒蛇《うわばみ》は大嫌いだ」

突然、耳に突き刺さる鋭い声で言われる。碧玉《へきぎょく》の瞳《ひとみ》に怒りがあった。

(怒ってる？　どうして)

仙文閣にとって最良の提案をしたはず。そう思っていたから、彼が怒っている理由がわからず、目を丸くした。

麗考は文杏に向き直り、人さし指を彼女の鼻先に突きつける。

「永久に守られて残る、だって？　君は本当に、大蟒蛇の大莫迦《ばか》なんだな。全部丸呑《まるの》みにして、深く考えもせず勝手に納得か。勘違いしているようだから言っておく。その本が仙文閣の所蔵になったからといって、永久に残るわけではない」

「どういうこと」

咄嗟《とっさ》に、手にある本を胸に引き寄せる。

「所蔵されても守られない？　残らない？　どうしてこの本が」

「君のような莫迦に、教えてやる気はない。僕は寝楼房《しんろうぼう》に帰る。不愉快だ」

「待て、待て。麗考。そなたも莫迦だの」

天佑の呆《あき》れ声に、堂屋を出ようとしていた麗考は、肩を怒らせ回れ右して戻ってきた。

「誰が、莫迦ですか」

「そなただ。そしてそなたもだ、文杏」

やれやれと、溜息《ためいき》交じりに榻《とう》から立ちあがった天佑は、本を抱いて竦《すく》む文杏と、静かに怒っている麗考の間に立った。

文杏は、助けを求めるように天佑に問う。

「仙文閣に納めても、この本は残らないんですか」

「可能性があると言っておこう」

「どうしてですか。仙文閣は、あらゆる本を集め所蔵して、仙文閣がある限りそれを守るのが鉄則でしょう」

「鉄則に従って守っても、残らぬものは、残らぬ」

目眩《めまい》がしそうなほど、様々な推測が頭を巡る。

（もしかして、鉄則に触れないような特殊な規則がある？　この本は、その規則の対象になっている？　特殊な規則が適用される？　それとも外的な要因？　禁書だから？　それとも突発的ななにか。それとも……）

推測は限りない。しかも推測は推測だ。そう悟った瞬間、しっかりと本を胸に抱く。渡せない。

役目を終えようと、緩みかけていた神経が引き絞られる。

五百年存続した仙文閣でも、あやふやな実態があるなら安心できない。

「さっきのお願いを、撤回します。本は、『幸民論』は、お渡ししません。わたしも秘書少監に引き渡されたくありません、まだ」

「ではそなたは、どうしたい」

「王閣監は、わたしをどうするつもりですか」

「どうするつもりもない。吾々はそなたを捕まえたいわけでもなく、本を取りあげたいわけでもない。秘書少監から依頼が来て、さらに、そなたも来たから対応した。それだけ。やりたいように、すればよい」

確かに、文杏は自ら来た。仙文閣はそれに対応しただけというのは、その通りか。仙文閣には鉄則があり、この場所を守っていくために、必要な事をするだけなのだろう。

「どうするね？　本を抱いて仙文閣を出るかの？」

すぐに答えられなかった。どうするのが最善か、咄嗟にわからない。

天佑は文杏に訊《き》いたのだが、彼女が答えを出す前に、麗考が口を挟む。

「ここを出れば、すぐに捕まる。貴重な本をもって捕まるな。本だけは置いて行け」

ますます、文杏は本を抱えこみ麗考を睨む。この男は、なぜ突然こんなに不機嫌になったのか。困惑する以上に、一方的になじられるのに腹が立つ。

「ここが本を守ってもらうのに適切な場所だってことは、わかってる」

「それは理解してるのか。幸運だよ、君が底なしの莫迦でなくて。わかってるなら本を置いて、さっさとどこへでも行けばいい」

「本を置いて行くほど信用できない」

「今、自分で、本を守ってもらうのに適切な場所だと言わなかった？　僕の耳が壊れてるのか？　それとも、君の頭が壊れてるのか？」

（この毒蝮《どくはみ》！）

麗考の口の悪さに、かっとした。

「あやふやなことがあるんじゃ、安心できないと言ってるだけだ。安心すれば本を置いて行く」

睨み合った。

「では。こういう方法はどうであろう」

落ち着いた天佑の声が、二人の間に割って入る。

「吾々も貴重な本を、みすみす失いたくはない。できれば仙文閣の蔵書を増やしたい。

文杏がその本を納めても良いと決心がつくまで、ここに滞在するのはどうか。無論、滞在した後に、やはり信用できぬと、本を持って出て行っても良い」

願ってもない提案だった。滞在すれば、実情を見極める時間ができる。

守られる保証がなければ、本は渡せない。しかし、あやふやな実態さえ明らかになり、柳老師の本が守られ永久に残る見通しが立てば、ここほど素晴らしい場所はないのは確かなのだ。

しかも他に、あてはない。

「滞在させて下さい」

即答した。天佑の返事も早かった。

「よろしかろう。許可する。しかし、どうぞご自由にというわけにもいかぬな。仙文閣には多くの稀書《きしょ》もあるゆえ、滞在する間は、そなたを管理する者をつける。その者の管理下で、生活することが条件だの。ということで、麗考」

天佑が、意地悪な笑みを浮かべる。

「そなたが、文杏の面倒をみよ」

信じられないというように、麗考は目を見開く。文杏も思わず麗考の方を見て、目が合ってしまった。彼が、ちっと忌々しげに舌を鳴らす。

(舌打ち⁉)

かなり、嫌われたらしい。引き金は、良くわからなかったが。

三

「起きてくれないかな。柳文杏」

耳に慣れない声に、文杏は飛び起きた。自分がどこにいるのか咄嗟に思い出せず、ぐらぐらする頭で周囲に目をやる。

文杏が寝ていた牀《しょう》の近くで、麗考が窓を開けていた。窓を塞《ふさ》ぐ板を跳ねあげ、支え棒をしていく。

開いた窓の外に、薄紫の夜明けの雲。吹きこんでくる風は冷たく乾いている。

窓の外は垂直に切り立った崖《がけ》。身を乗り出せば、岩壁のはるか下に尖《とが》った岩の連なりと、その隙間を埋める木々が霞《かす》み、身震いするような景色が見られる。

「朝餉《あさげ》を食べたら、僕はすぐに仕事だ。仙文閣へ行く。君も一緒に食べて、来てもらうよ。閣監に頼まれたてまえ、君を放り出していくこともできないから。顔と口は、その桶《おけ》ですすげ」

牀から下りて、窓の下に置かれた桶で水を使った。窓の桟には乾いた布がかけてある。これを使えということらしい。

壁際に置かれた牀の横には、木屏風《びょうぶ》が立てられていた。ゆるく区切られたそこが、文杏に与えられた空間。

昨夜、以前仙文閣にいた少女のものだという短襦《たんじゅ》と長裙《ちょうくん》を渡されていた。古着ではあったが襟に刺繍《ししゅう》が施されており、女の子らしい。文杏は砂埃《すなぼこり》まみれの旅装からこざっぱりした身なりになれた。

ここは麗考が寝起きする室《へや》だ。顔を拭《ふ》いてすっきりしてから、木屛風の陰から出る。

昨夜、天佑の宮室《やしき》から連れて来られた。宮室を出る前に、「いつまで滞在していいのですか」と天佑に問うと、彼は笑って「決心がつくまで、いつまでも」と答えた。その答えを聞いて、麗考はますます顔をしかめていた。

もともと室の中には、牀が一つしかなかった。文杏が寝起きすると決まったので、急遽《きゅうきょ》、木屛風と牀が一つずつ運びこまれたのだ。

室の中ほどにある小さな卓子に、麗考は粥《かゆ》の碗《わん》を置く。

背もたれのない椅子が二つ、卓子の下に押しこまれている。そこで食事をするらしいが、なんとも窮屈に思えるのは、室が雑然としすぎているから。

書き物をする几案《つくえ》が、出入り口付近の壁際にある。そこには紙の束が地層のように積まれ、本も山になっていた。麗考が使っている牀にも、窓際に並ぶ棚にも、墨文字で埋まった紙の束がごっそり積んである。牀の近くに開いた窓の桟には、洗って毛先が広がった筆が何本も干されていたし、硯《すずり》も二つほど、洗われて鎮座している。

(あんな所で硯を乾かして、危ないな。寝ている間に何かのはずみで落ちたら、頭を直撃だよ)

柳老師が几帳面《きちょうめん》な人だったので、文杏はそういった細かなことが気になる。

食べろと促され、麗考とともに卓子に着いた。粥は食べ頃の温かさ。小皿が添えてあり、青菜の炒《いた》め物が盛られている。粥は薄く、青菜以外には具材もなく素っ気ない。柳老師と食べていた朝餉よりも、慎ましやかだ。

「麗考さんが作ったの？」

昨夜、文杏はあまりにも疲れていた。牀を準備されるとすぐ横になって、食事もとらずに墜落するように寝てしまった。昨日の朝、都を出る時に屋台で飯を食べて以来、ようやくありついた食事だった。薄い粥だったが、口に含むと甘く感じる。

「麗考でいい。ここでは火を極力使わないために、厨房《ちゅうぼう》で作られる食事を、各人が必要なときにもらってくることになっている。これは、さっき僕が厨房からもらってきた」

本を守る場所だからこそ、火事を起こさない工夫がされているらしい。

閣監の宮室の床に置かれた蠟燭《ろうそく》が、水晶の筒で覆われていたことを思い出す。あれもおそらく、火を出さない用心のためなのだろう。

「お代わりが欲しければ、自分で厨房へ行ってくれ」

「はい」と答えてから、目の前で匙《さじ》を動かす麗考を見る。

「ありがとう。お粥を運んでもらって」

「僕の、ついでだ。礼を言われるほどのことではない」

素っ気ないが、怒っている様子はない。昨夜、舌打ちされたときはどうしようかと思ったが、今朝は至って普通。彼の中にいる毒蝮は、まだ就寝中のご様子だ。

少なくとも今は、嫌われている感じはない。面倒だと、思われてはいそうだが。

「昨夜は、ごめんなさい。仙文閣に連れてきてもらったのに、お礼も言わなかった」

「君を連れて来たつもりはない。本を連れてきた」

「そうだとしても、結局。こうやって居候する羽目になってる」

「その点は、最悪だ」

突き刺さるような台詞《せりふ》を淡々と言われ、溜息《ためいき》が出そうだ。

「怒ってるんだ」

「怒ってはいないよ。自分の室に他人を同居させるのは、鬱陶《うっとう》しくて面倒なのは事実で、それは最悪だと言っただけ」

「最悪って、怒ってないかな？」

「最悪というのは、状況についての単なる感想。怒っている感情とは、別もの」

「じゃあ。こういった状況になったことは、謝る。ごめんなさい」

「その謝罪も、的外れ。君の面倒を僕が見ることになったのは、王閣監の命令。君の責任ではないから、謝る必要はない。どちらかといえば僕は、王閣監に謝って欲しいよ。これはあきらかに、僕への嫌がらせ。あの人は時々、どういうわけか僕に意地悪をするんだ」

青菜を粥に放りこみさっさと食べる麗考を、文杏は首を傾げて見つめる。

（変な人だよね、この人）

原因はどうあれ普通は、視界に入って生活を邪魔する文杏に対して最も苛立《いらだ》つ。麗考はその点を最悪と言い放つが、彼女に対しては怒りを覚えていない様子。

とんでもなく冷静で、理性が感情を支配下に置いているのだろうか。

(そんな人が昨夜、閣監の宮室で、あんなに怒った。なんだったんだろう)

麗考には、見えない尻尾《しっぽ》がある気がした。虎のように、うっかり踏むと怒り出す尻尾。文杏は、昨夜それを踏んでしまったのかもしれない。

面倒そうな人だな、とは思う。碧玉《へきぎょく》の瞳《ひとみ》は澄んで美しく、よく見れば涼しげで整った顔立ちをしているのに。容貌《ようぼう》の良さを上回る変人臭が、ぷんぷんする。

粥をかきこんだ後、木屏風の陰で髪を整え、柳老師の本は懐にしまいこむ。前触れもなく「行くよ」と麗考に声をかけられても、遅れず室を出られた。

仙文閣の住人たちは、寝楼房と呼ばれる二層建ての楼房に住んでいた。それが合計六つもあるらしい。どの寝楼房も細かく室に区切られ、一室に、一人から二人が住む。

室を出ると、軒下に巡らされている吹きさらしの回廊、廊廡《ろうぶ》である。飴色《あめいろ》の欄干に、水辺と、そこに遊ぶ水虎《すいこ》が透かし彫りされていた。

麗考の室は二層にある。二層の廊廡からは、仙文閣の丸い屋根を間近に見上げることができた。

同じ二層構造でも、仙文閣は寝楼房よりも三割ほど背が高い。黒々と視界を遮って建つその様は、同じく二層構造の建物にいるだけに、よけいに大きく感じた。

方々の室から人が出てきて、すれ違う。ほとんどの者が、麗考に軽く挨拶《あいさつ》したあとで、気になる様子で文杏に目をやる。しかし彼は特に説明もせず、気づかないふりをして歩いて行く。

いちいち説明するのが面倒だと、麗考の顔には書いてある。

「仙文閣へ入る前に、厨房に寄るよ」

前を歩く麗考が言う。文杏は手にある碗を見下ろす。

「この器を、厨房に戻すってこと？」

室を出た直後に、「はい、お手伝いして」と言われ、食べ終わった粥の碗を渡されていた。

「そう。厨房に戻さないと、どやされる。それに、義務もあるし」

「義務？」

厨房は門の近くにあり、人の出入りが盛んだ。

中に入ると広い土間で、中央左手寄りに井戸があった。傍らには石の水槽がある。

「そこの水槽に、使い終わった碗を放りこんでおくんだ」

なるほどと感心しながら、水が溢《あふ》れる水槽へ使い終わった碗を放りこむ。こうやって水に放りこんでおけば、あとで回収して洗うのが楽だろう。

「ついでに教えておくと、あの石の長卓子へ行って食べ物をもらう。朝と夕方、二回。料理人と親しくなれば、その時間以外でも、ちょっとしたおやつをくれることがある」

麗考が指さした奥手は、石の長卓子で仕切られていた。その向こうに竈《かまど》が並ぶ。料理人が忙しく動き回り、鍋《なべ》から湯気があがっていた。

石の長卓子の端には、人だかりがあった。麗考はそこへ向かう。

近づくと、送士香の強い香りがした。

真っ赤に焼けた炭が石の器に入れられ、五つほど並んでいた。

麗考も炭に近づき、腰帯に下げている香毬《こうきゅう》を取り外し、銀の珠を開く。中には小さな皿が、細い一本の軸で支えられて取りつけてある。皿の上には香木の欠片《かけら》。欠片をつまむと炭に近づけ、火を移す。

「これが義務？」

麗考の手元を見ながら問う。彼は、木片から細い煙が出ると皿に戻し、珠を閉じ、腰に吊《つる》す。

「仙文閣の者は、送士香を身につけるのが義務。月に数度、仙文閣内部で送士香を焚《た》く。けれど常日頃出入りする者がこれを身につけていると、より効果が高い。この義務が定まってから、虫食いの被害が極端に少なくなったと聞いている」

「随分気を配るんだ」

「本は脆《もろ》い。水にも火にも、虫にも弱い。うっかりすると、すぐに失われる。気を配って、配りすぎることはない」

どこにいても送士香の香りがするのは、こういう理由があったらしい。

送士香の香りと一緒に、厨房を出て仙文閣へ向かう。

仙文閣に近づくと、自然と文杏の視線は上を向く。巨樹に近づくと、無意識に見上げてしまいたくなるのに似ていた。覆い被《かぶ》さってくるような迫力に圧倒される。

石の基壇には北東、南東、南西、北西と石段があり、四つの出入り口と繋《つな》がっていた。麗考は南東側の石段を上り、文杏も視線を上に向けたまま彼に続く。

出入り口は、文杏の身の丈の二倍はありそうな高さ。両開きの厚い扉が、外側に向けて開け放たれていた。扉は薄い銅で覆われ、表面には雉《きじ》に似た霊鳥が打ち出されている。鸞《らん》だろうか。

先を行く何人かが、脛《すね》の高さまである敷居をまたいで中へ入っていく。

隧道《すいどう》のような通路が真っ直ぐ続いている先は、仄《ほの》明るい。

「仙文閣全体を管理する役目は、閣監の王天佑。その下に閣少監《かくしょうかん》の周泰然《しゅうたいぜん》という人がいる。この建物、仙文閣と呼ばれる書庫そのものを管理するのは、その周閣少監だ」

「お目にかかってないよね、その方に。ご挨拶しなくていいのかな」

「周閣少監に挨拶は、できないと思った方がいい。彼は滅多に姿を見せないから」

人前に姿を現さず、周閣少監という人は何をしているのだろうか。疑問だったが、それを訊《き》く隙もなく麗考は先へ進むので、彼の背を追う。

足を踏み入れた通路の石床は、黒くなめらか。手で磨かれたのではない。何百年間もの人の行き来で摩耗し、川原石のように自然となめらかになったのだ。その証《あかし》に、通路の中央がゆるく窪《くぼ》んでいた。

通路を抜ける。

先は、吹き抜けになった円形空間だった。建物を二本の通路が交差して貫き、中心部分が円形の吹き抜けになっているのだ。

円形空間の中央に二抱えはありそうな石柱がそそり立ち、天井の頂点を支えていた。

この空間が仄明るいのは、天井の、石柱が支える周囲から外の光が落ちているから。見上げれば、等間隔に光の筋が降っている。

屋根の一部に小さな窓をあけ、そこに水晶を嵌《は》めこんでいるのだろう。昨日、仙文閣の甍《いらか》が冠をかぶっているように見えたのは、嵌めこまれた水晶の輝きだ。

光の下に几案《つくえ》が並んで、人が三人座っている。書庫から本を持ち出した者が、几案に近づき、台帳に書名と日付を記入していた。本の出し入れを管理しているらしい。

外と通じた四方の通路から、風が抜ける。

空間を囲む東西南北の湾曲した壁には、縦長の、透かし彫りを施した折り戸があった。四つの折り戸の真上の二層目にも、同じように四つ、折り戸の出入り口がある。

二層目の書庫の出入り口からは、中央の柱に向かって木製の渡り廊下が延びていた。渡り廊下は柱にぶつかると、柱に沿って左右に分岐し、四つの渡り廊下を繋ぐ。

「それぞれが分類ごとに、四つの書庫がある。東を春庫《しゅんこ》、南は夏庫《かこ》。西を秋庫《しゅうこ》、北は冬《とう》庫《こ》と呼ぶ。四つで四庫、あるいは季庫と呼ぶ」

いくぶん声を落とし、麗考が告げた。

東、南、西、北。開いた、透かし彫りの折り戸の向こうに書架が見える。緩く弧を描く書架が、木の年輪のように規則正しく内部に並ぶ。薄暗くて定かではないが、巻子本、折子本《おりこぼん》、葉子本が、みっちりと詰まっていた。

書架の隙間を、水晶で覆いをされた手燭《てしょく》を持った人たちが歩んでいる。麗考と同じ典書たちだ。

四つの書庫からは、古い竹簡《ちくかん》や帛布《はくふ》、紙がかもす特有の香りと、墨の香りが濃く漂う。

仙文閣の内部は、ひどく静か。

送士香と古い本の香りと、薄暗さと、揺れ動く灯《あか》り。厳粛なものが満ちていた。

本を抱えて、渡り廊下から渡り廊下へ移動する人や、書庫の中で揺れる灯りや、静かな早足で書庫へ入っていく人の動きを、文杏はぼうっと見つめた。

いったいどれだけ、蔵書があるのだろうか。一つの書庫は、二層構造になっている。

それが四つ。一つの書庫の一層目だけでも、十万冊はありそうだ。

朝廷の書庫である官府庫《かんぷこ》でさえ、四十万冊と聞いたことがある。ざっと見た限りでも、官府庫よりも二倍の蔵書量がある。

(すごい。すごい数の本だ。読んでも読んでも、きっと読む本に困らない。何年間も読める。全部、読みたい)

世の中に、これほどの本が存在することに驚愕《きょうがく》した。

あの中に、どんな知識が詰まっているのだろうか。文杏が想像しえない思考も、たくさんあるはず。知らない歴史や、事実も、書かれている。自分の貧弱な肉体の内側に、無限の空間が膨れるような嬉《うれ》しさがわきあがる。

「分類は春庫が経部《けいぶ》。夏庫は子部《しぶ》。秋庫が史部《しぶ》で、冬庫は集部《しゅうぶ》だ」

「経部とか、子部とか。それが分類の種類？」

柳老師の書庫も本は種類ごとに整頓《せいとん》されていたが、麗考が口にした単語は聞いたことがない。

「仙文閣では、四部分類と呼ばれる方式で分類してある。経部、子部、史部、集部で四部。それぞれの類に属する本が、書庫に納められている」

「四つの書庫が四分類に相当する？」

「そうだ」

「だったら、書庫の名も分類名にするのが自然な気がするけど。あえて四つの書庫に四季をあてているのは、どうして」

「仙文閣が創られたときから、そう呼ばれている。五百年の慣習だ」

最初は意味があったのだろう。しかし五百年も経つと、理由は忘れられるのか。

仙文閣の中に立ち、文杏は肌で感じる。火を使うことを制限し、送士香を焚き、蔵書を分類し整理する。この場所は書仙の力ではなく、人の力で永々と守られ続けているのだと。それは、驚くべきことだ。

春王朝すらも、興って三百年。この大陸に五百年続いた王朝は、過去にない。仙文閣の存在が、どれだけ希有《けう》かということ。

（柳老師の本が他の本と同じように永久に守られるとわかれば、すぐにでも仙文閣の蔵書にしてもらいたいのに）

なぜ柳老師の本に限って、蔵書となっても永久に残るとは限らないのだろうか。

「蔵書は、何冊くらいあるんだろう」

「おおよそ、百五十万冊」

ぽつりと呟《つぶや》いた文杏に、麗考が答えた。途方もない数に目を瞠《みは》るが、すぐに彼女の中の何かが「変だよ」と囁《ささや》く。

「百五十万冊？　ありえない」

「疑うなら蔵書目録を見ればいい。仙文閣の蔵書には、巻子本も多い。巻子本はかさばるから、一つの内容で何十巻にも分かれていたりする。いきおい冊数も膨大になる」

それだとしても、妙だ。

肩に垂れる編み髪の毛先に触れながら、書庫に目を走らせる。

書庫の大きさから測れば、書庫一つで最大二十万冊程度。仙文閣に、どんなに詰め込んだとしても八十万冊から百万冊が限界のはず。そう見積もった。

いくら工夫して所蔵しても、この建物内に百五十万冊も納まるとは思えない。

ただ自信満々に蔵書目録を見ろと言うからには、百五十万冊の蔵書があると、目録上はなっているはず。

目録にあっても、実際に仙文閣に納められていない本が何十万冊もあるのだろうか？

天佑も麗考も、仙文閣の蔵書になったとしても、柳老師の本は永久に残らない可能性があると言っていた。もしや、この奇妙な事実と関わりがあるのだろうか。

仙文閣には、なにかあるらしい。表向きにはわからない、何かが。

それを知れば、自分の態度も決められる。不信の眼差《まなざ》しで改めて円形の空間を見回す。

「君かな？　やっと見つけたぞ」

背後から、溌剌《はつらつ》とした声がした。ふり返ってみると、若い男の顔があった。彼は興味深げに文杏を見つめていた。

三章　蔵書の海図

一

背後にいたのは、青みがかった袍《ほう》を身につけた明朗な雰囲気の青年。左目の下に泣きぼくろがあり、明るい笑顔にほのかな色香を添えていた。麗考と同年代、二十代半ばだろうか。

「おはよう、麗考。この子だな？　昨夜おまえが連れて来たって子。可愛いじゃないか」

「誰から聞いた、そんなこと」

青年のからかうような表情に、麗考は苦々しげに応《こた》えた。

「王閣監にな、聞いた。君が柳文杏だな。麗考の室《へや》に同居だってなぁ、気の毒に。はじめまして。俺は白雨《はくう》というんだ」

随分と気安い人だと思いながら、「柳文杏です」と頭を下げる。

白雨は腰に手を当て、「うん。良い子だ」と頷《うなず》く。それから麗考の肩に手を置いた。

「困ってないか、麗考？　何かあれば手伝うぞ」

「この子の存在に困ってる。手伝う親切心があるなら、王閣監に『文杏は白雨が面倒を見る』と、申し出てくれ」

「それは無理だ。麗考を手伝ってやれと、王閣監その人に頼まれたんだからな。麗考一人に任せたのじゃ、きっとこの子が難儀するってさ」

「わかってて僕に押しつけたのか、あの半笑いの性悪め」

（おっと、毒蝮《どくはみ》がお目覚め）

怒りの火の粉が飛んでくるかと首をすくめたが、麗考はふいと、文杏に背を向け石柱の方へ向かう。

石柱の一部には浅い窪《くぼ》みがあり、そこに蠟燭《ろうそく》や水晶の筒、鉄の箱で覆われた火種が準備されていた。麗考は水晶の筒と蠟燭を取り出し、火を灯《とも》しはじめる。

「わたしは、どうしたらいいの」

「とりあえず飯を食わせて案内はした。あとは好きにしてればいいよ。僕は仕事をする」

素っ気なく言うと、蠟燭を手にして秋庫の方へと向かう。

どうやら放置されるらしい。文杏の方が、それでいいのかと首を傾げる。

天佑は「どうぞご自由にというわけにもいかぬ」と言っていたのに。麗考がこれでは、管理もへったくれもないだろうに。

「人付き合いの拙《まず》さがなんとかなれば、次の閣監は麗考だろうにな。君も大変だな、あんな変わり者と同居は。でもまあ、彼といれば、ためになるだろうが」

白雨が笑いながら言う。

「ためになるんですか？　なんの？　嫌味の言い方がうまくなるとか、ですか」

胡乱《うろん》げに訊《き》いた文杏の額を、白雨は「こら」と言って軽く指で小突く。

「彼は、目録学をやってる。しかも天才だからさ」

「目録学？　なんですか、それ」

聞いたことのない学問だった。

「麗考に訊けばいい。王閣監が言ってたが、君は自分の持ってる本を、仙文閣に納めるか迷ってるんだって？　だったら、ちゃんと仙文閣のことを知ればいい。そのためには麗考の仕事を手伝うのが、一番だ。彼の仕事は、仙文閣を抱え込むような仕事だから」

「白雨さんの手伝いでは、駄目なんですか」

麗考よりも白雨の方が格段に親切そうで、色々教えてくれそうだった。

「俺でも、悪くないよ？　そりゃな。でも俺は典書ではなく、抄本匠《しょうほんしょう》だ。写本作りが専門。当然、そのあたりを中心に手伝ってもらうことになるが」

「写本を作っているんですか、仙文閣は」

「古くて傷みが激しい本は、作り直す必要があるだろう。作り直して蔵書とすることは多い」

仙文閣には、麗考の言を信じれば百五十万冊におよぶ蔵書があり、なおかつ三百から四百人の人が住んでいるのだから、典書以外にも多くの役目があるのは当然だ。

あの毒蝮のそばにいるのは、遠慮したい。いつ毒を吐かれるかわかったものではない。

だが文杏には目的がある。何もわからないときには、まず全体を見る。それは鉄則。それには麗考の仕事を手伝うのが最適というなら、観念するしかない。

「わかりました」

「麗考を追いかけるなら、そこの晶灯《しょうとう》を持って行けよ。書庫の中は暗いから」

晶灯というのが、蠟燭に水晶の筒を被《かぶ》せるあの燭台《しょくだい》のことらしい。

棚に並べられていた晶灯に火を入れると、麗考が入っていった秋庫へ向かう。暗がりに足を踏み入れる前に、白雨にふり返って頭を下げた。彼は軽く手をあげる。

「彼を老師にして、しっかり教えてもらえ」

あんな口の悪い老師は嫌ですと内心で返事して、中へ入った。

自分の老師は、柳老師だけだ。

中に入ると、目の前にゆるく湾曲した書架が立ちふさがる。書架は天井に接している。書架は、途中二箇所が途切れていて、奥へ行けるようになっていた。奥へ入ると、同じような湾曲した書架。これもまた、二箇所ほど途切れてさらに奥へ行ける。

奥へ進むごとに闇は濃くなり、送士香や本の香りは沈殿した重みが増す。年輪の間を潜って、本の深淵《しんえん》へ入り込むようだ。暗さと静けさが折り重なり、空気がどんどん重くなった。

書架の間を晶灯が三つ、ちらちらと動いている。深海に揺らぐ鬼火のように。

鬼火の一つに近づいて行くと、腰の曲がった老典書だった。彼は文杏にちらっと視線を向けたが、すぐに書架へと目を戻す。

次に目指した灯《あか》りに近づくと、それが麗考の灯りだった。

麗考は晶灯を床に置き、書架から巻子本を引っ張り出しているところだった。手元が暗いのか眉《まゆ》をひそめ、巻子本の巻軸《かんじく》に下がった象牙《ぞうげ》の札、標籤《ひょうせん》を見ている。巻子本はそこに書名が記されている。

早足で近づいた文杏は、黙って晶灯を掲げて麗考の手元を照らす。

「ああ、すまない……」

顔をあげた彼は、文杏を認めて意外そうな顔をした。

「君か。なにをしてる」

「麗考の仕事を手伝う」

「必要ない」

言われると思っていた。

晶灯を引くと、麗考の手元が暗くなった。一度明るくなったものだから、余計に暗く感じるのだろう。「おい。灯りをよこせ」と咎《とが》められる。

「必要ないんでしょう。手伝いは」

澄まして言うと、忌々しげな顔をされた。

「訂正する。今は必要らしい」

「じゃあ、どうぞ」

再び晶灯をかざす。

麗考は灯りを頼りに巻子本を五冊ほど書架から引き抜き、両腕に抱え、顎《あご》をしゃくる。

「仙文閣の外の、閲房《えつぼう》へ行く。足元の晶灯も持って出てくれ。秋庫を出たら、持ち出し記録に日付と書名を、君が代筆で書け。そのあとは、先に立って閲房の戸を開けろ。僕は両手がふさがっているから。閲房は、北東側の出入り口から出ると近いよ。閣監の宮室《やしき》の隣だ」

手伝わせると決めたら、こき使うらしい。

秋庫を出て持ち出し簿に記入し、急いで仙文閣の外へ出て、閲房へ走る。

閲房が何なのか知らなかったが、建物はすぐにわかった。入ると横長の広間だった。石床に木屏風《びょうぶ》が等間隔に並んでいる。区切られた空間の一つ一つに、几案《つくえ》と背もたれつきの椅子がある。几案には硯《すずり》と筆。

ここは典書の仕事場なのだろう。仕切りのあちこちに、典書の姿がある。

本を抱えて閲房へ入った麗考は、最奥の、窓に面した場所へ入った。そこが彼の定位置だとひと目でわかったのは、几案や床にまで、乱雑に物があふれかえっていたから。

麗考は本を几案に置き、椅子に座った。文杏は几案を覗《のぞ》きこむ。彼が持ち出して来た巻子本の標籤には、『仙文閣全書総目提要《せんぶんかくぜんしょそうもくていよう》』とある。仙文閣の蔵書の目録だ。

「探している本でもあるの」

「違うよ。これは百五十年前に作られた目録だから、抜けが多い。本を探すにしても、限定的にしか役に立たない」

「そうか。じゃあ、そこに書かれていない本は、どうやって探してるの？」

「内容にまでおよぶと対応できないが、書名と著者名だけで探して欲しいと言われれば、僕が探せる。所蔵されている本の書名と著者名くらいは、だいたい覚えてるから」

「書名と著者名を覚えてるって、そんな。目録上でも百五十万冊の蔵書が……」

冗談だと思い、笑おうとした文杏の表情が強張《こわば》る。

(待って。この人、確か。初めて会ったとき)

昨日、仙文閣へ続く石の階段をのぼっていたとき交わした会話を思い出す。なんの本を持っているのかと問われ、『幸民論』だと答えた彼女に、麗考は言った。

『仙文閣には所蔵されていない本だ。柳睿という人の著書も、ない』

と。それは全ての蔵書を知っていなければ、出ない台詞《せりふ》だ。

啞然《あぜん》と、麗考の後ろ姿を見つめる。彼は持ち出して来た巻子本を開き、どこから手を着けようかと考えるように、右から左と、せわしなく目で文字を追う。

天才。白雨はそう言ったが、それは控えめな表現だ。化物と言ってもいい。目の前の青年が、計りしれない生き物のような気がした。

「目録を引いてるのじゃないなら、何してるの」

「仙文閣の目録を、作り直そうとしている。それが僕の主な仕事」

麗考は文字から目を離し、文杏をふり返る。

「古い蔵書目録を調べ、現状と比較して正誤を見極める。万が一にも失われた蔵書があれば、調査する。それを元に、現状の蔵書の分類を見なおし、整え、新しく目録を作る」

　そこまで聞いて、ぴんときた。

「それが、目録学？」

「知っていた？」

「知らなかった。白雨さんが言ってたから」

　ふんと、麗考は鼻を鳴らす。文杏が目録学の存在を知らなかったことが、不満らしい。

「目録がなければ、本は混沌《こんとん》として収拾がつかなくなる。覚えておくといいよ。特に学問を志す者は、目録に目を通すことから着手する。学術のうちで、とりわけ目録は大切で、故に目録学は重要だと言っていい。学ぶ者に読書の方法を教え、探索の手間を省かせる役を負うんだから」

　麗考の言葉は、ころりと転がり込むように文杏の中に落ちた。

　確かに、その通りだと思う。

　数術や方技《ほうぎ》や思想、歴史、諸々《もろもろ》。何かを学ぼうとしたとき、まずは知識が必要。となれば本を読む。そんなとき百五十万冊の本の海に放りこまれたら、途方に暮れるばかり。仙文閣ほど膨大な本のある場所では、目録はどれほど大切か。言うなれば、本の海を渡るための海図なのだろう。

「百五十万冊も本を分類するって、どんなふうに分けるの。書庫のように四つの分類を基本とするにしても、それだけでは分類したことにならないし。細かく分類しないと」

「四部分類を基本とし、『部』の下『類《るい》』その下『子《し》』がある。分類された本には、書名と著者名の他、篇目《へんもく》を追記し、さらには内容を簡単に纏《まと》め、著者の来歴を示した叙録《じょろく》を付加する」

「分類だけではなく、そんなことまでするの。一冊一冊に」

「それでなければ、目録とは呼べない」

「著者の来歴なんて、目録に必要なもの？」

信念が凝る瞳《ひとみ》が、文杏を見据えた。

「人を知り世を論ず――本を書いた人物を知れば、その人の書いた本の内容を真に理解することができる。書いた者の意図するところを、正しく解釈することが重要だ。言葉は解釈によって、意味が随分変わる」

「どういうこと？」

「本に書かれた言葉の意味をはかりかねたとき、書いた人物の輪郭がわかれば、理解ができる。あるいは書かれたことを、誤解をせずにすむ。さらにそれが目録に、叙録としてあきらかにされていれば、本を探す者は、書名や篇目で見落とすかもしれない自分に必要な本を、叙録によって見落とさずにすむかもしれない。この人物の書いた本であれば、自分の求めるものが書かれているかもしれないと」

そこまでしなければ、役に立つ目録にはならないのだ。しかしそれは、どれほどの根気と時間と、執念が必要だろう。考えるだけで、気が遠くなる事業だ。けれど詳細で的確なそれが作られたら、学問を志す人はどれだけ助かるだろう。

志のある者が、まず繙《ひもと》くのが目録。本の海図。

「そんなふうに目録を作っていったら、きっととんでもない文字数になる。目録だけで、どのくらいの量になるの？」

「『仙文閣全書総目提要』は、巻子本で八百巻」

「そんなに？　じゃあ……」

続いて訊《き》こうとした文杏だったが、あることに気づいて、ふと口を噤《つぐ》む。

（疑問ばかり口にしてる、わたしは）

情けなかった。自分が無知なのを痛感する。

（柳老師に、もっと学びたかった）

無意識に懐に入れた本に触れる。こんなとき柳老師なら、なんと言うか。

――では、もっと学びなさい。

きっと、そう言われる。

「何か手伝う」

「晶灯は結構」

嫌味が返ってきた。

「他に、手伝えることは？」

「気が散るから、どこかへ行ってくれたら助かる」

「でも、わたしは」

「君がどこかへ行くのが、一番の手伝いだ」

「……わかった」

追い払われて閲房を出ると、自分が気落ちしていることに気づく。仙文閣を知るために、麗考の仕事の手伝いをすることは必要だ。それを断られて、どうしようかと悩ましい。しかしそれだけで気落ちするほど、やわじゃない。

なんとなく気がふさぐのは、麗考の仕事を手伝ってみたかったから。学びたい、と。少しだけ、そう感じたから。

二

仙文閣の南東の石段に腰を下ろし、麗考は月を見上げていた。

ひと気はない。真夜中を過ぎているのだから、誰もが寝楼房で夢の中だ。所々に晶灯の灯りは見えるが、それも数えるほど。

砂塵《さじん》の多い春。月は朧《おぼろ》というが、泉山では澄んだ青い月が見える。泉山の麓《ふもと》に広がる湿地が砂塵を寄せ付けず、さらに仙文閣が建つ山頂付近は不思議と空気が乾くからだ。

泉山の周囲だけ、月へ向かって、夜空にぽっかりと抜け道があるかのように。

（これも書仙の力か）

皓々《こうこう》と丸い月は、閉じられた仙文閣の扉の上に麗考の影を落とす。扉を覆う銅に打ち出された鸞《らん》に、彼の影は触れていた。

鸞は一説では、鳳凰《ほうおう》の雛《ひな》と言う。鳳凰は優れた知性を持つ人が生まれた時に現れる、瑞獣《ずいじゅう》。鳳凰の雛である鸞を扉の紋様に選んだことに、麗考は仙文閣を創った者の意図を感じる。

「よせよせ。そんな美しい碧《あお》で見つめられたら、月が恥じ入って隠れてしまうぞ」

足元から聞こえた白雨の声に、麗考は視線を地上へ戻した。彼は石段を上ってくると、麗考の隣に腰を下ろす。

仙文閣で、麗考が親しくしているのは白雨だけだった。仙文閣に来た当初、典書たちは麗考に一目置いて距離が縮まらなかった。今も距離感に大差はない。彼自身も、特に親しい者を作りたいと思っていなかったので、積極的に関わらなかった。

抄本匠の白雨だけが、遠慮がなかった。職種が違うこともあっただろうし、なによりも白雨は、麗考の瞳の色が気にならなかったらしい。物怖《ものお》じしない、なんにでも果敢に挑む傾向の強い彼は、誰もが遠慮して問わない瞳の色について、「おまえの目は、どうして碧い」と、初対面でいきなり訊いてきた。

真っ正面から問われ、かえって嫌味がなかった。だから素直に答えた。僕は碧族《へきぞく》だと。

白雨は、碧族を知らなかった。当然だろう。春国で碧族の存在を知っているのは、北方辺境の北陽州《ほくようしゅう》の一部に住む、年配者に限られる。

碧族は十八年前に、麗考一人を残して全滅したからだ。

「なぜこんな刻《とき》に月なんか見てるんだ、麗考。早く寝ろよ。明日の仕事に障るぞ」

「室《へや》に他人の気配があると、寝付きが悪い」

溜息《ためいき》交じりに答えた麗考に、白雨はにやにやする。

「楽しくないのか。そこそこ、可愛い娘じゃないか。田舎くささはどうしようもないが、愛嬌《あいきょう》がある顔だ。男なら、若い娘と同室になれば喜びそうなものだが」

「娘じゃない。あれは、子ども」

「王閣監からは十五と聞いたぞ。女は、そろそろ結婚を考える年頃じゃないか」

「十も年下だと、子どもにしか見えない。あんな者を妻にしようと考える男は、どうかしている。しかも文杏は、さらに子どもだ。自覚はないらしいが寝言を言う」

「どんな寝言だ」

「『老師』と、呼んでる」

「そりゃ、子どもだな」

文杏は、大きなものを失ったのだろう。それは麗考にもわかる。彼もかつて、大きすぎるものを失ったから、それを肌で感じた。

ただ、それにどう対処してやればいいのか、わからない。

面倒を見ろと天佑に命じられたが、どうあつかえばいいのかも、わからない。

飯を食わせて、「自由にしろ」と言うのがせいぜい。麗考の仕事を手伝うと言われたが、なにをさせればいいのかわからず、追い払った。

文杏の存在は、面倒ごと以外のなにものでもない。降って湧いた災難に思える。

ただ彼女が抱え込んでいる本は、仙文閣の所蔵にする価値がありそうだと睨《にら》んでいた。

今日、山夏州の柳睿という人物について調べてみると、十年以上前の国子監の司業として、その名があったのだ。

若くして国子監の司業になった秀才で、人格者らしかった。皇帝の禅譲に伴い職を辞して野に下っているが、その傑出した人物が野に下り何を考え、どんな言葉を残したのか興味が湧く。

「あの子が抱え込んでいる本を、はやく仙文閣に納めてくれればいいけれど。本が失われる前に。あの本を書いたのは、もと国子監の司業だった、権威ある人物だ。秘書省もそれはわかっているから、あの本を欲しがっている。おそらく朝廷や国の制度について、理路整然と批判が述べられているんだろう。朝廷として、反論の余地がないほどに。そんなものを民に読ませたくはないはずだ」

「秘書少監は、何か言ってきたのか」

それについては腑《ふ》に落ちないことがあったので、麗考の表情は険しくなる。

「周閣少監から聞いたが、文杏が仙文閣に逃げ込んだことが、既に秘書省に知られている。今朝、文杏を引き渡せと要請があったそうだ。知られるのが、あまりにも早すぎる」

「不可解だな。誰か密告でもしたか」

「わからない。仙文閣の中で、そんなことをして得をする者があるとも思えないけれど。とにかく秘書少監は、強硬な態度らしいよ。夕方にも再び使者があり、拒否し続けるなら力尽《ず》くでと、脅し文句を残して帰ったそうだ」

「秘書少監も勇気があることだな、仙文閣を脅すとは」

「あの本を書いた柳睿は、周辺地域の郷正や里正に慕われていたらしい。彼の処刑の後、県令に対して抗議が激しく、騒動になったようだ。そんな騒ぎの原因になった人物が書いた本だから、秘書省も回収しようと躍起になるんだろう」

そのことを教えてくれたのも仙文閣の閣少監、周泰然だ。

『王閣監は、いつものように鷹揚《おうよう》に構えておいでだが。都から遠い安県での騒ぎとは言え、暴動に近いことが起きたのです。戸部《こぶ》や刑部《けいぶ》も黙っていないはず。秘書省は外朝の二部から突き上げられ、どうにかして本を手に入れようと必死になることでしょう』

泰然はそう言って、悩ましく溜息をついていた。

麗考も、なにか起こるだろうとは思う。このまま、うやむやに終わるわけがない。

「脅されても、本が仙文閣の所蔵でさえあれば、彼らは力尽くの手段には訴えられない。仙文閣に敵する行為は、呪われる。だが文杏の手にある限りは、あれは仙文閣の本じゃない。無理矢理文杏から剝《は》ぎ取っても、仙文閣に敵することにはならない。だからこそ、早く本を仙文閣に納めさせたい」

夜風が涼しく吹き抜け、袍《ほう》の袖《そで》を揺らす。

「でも文杏は信頼していないんだろう？　仙文閣のことを。だったら信頼を得るために、おまえが親切にしてやって、懐柔すればいいだろうが」

「親切……」

とは、どうするのか。

飯を運んでやったし、仙文閣の説明もした。仕事を手伝いたいというのなら、希望を叶《かな》えてやるのが良いのだろうか。しかし麗考も仕事に集中したい。文杏の様子を窺《うかが》い気遣いながら仕事など、できようはずがない。

麗考は、そこまで器用ではない。

「難しい」

「そうか？」

「僕の悩みにつきあう必要はない。君は、早く寝ろ白雨。明日に障る」

「俺には、明日の心配はない。だろう？」

白雨は、右手をひらりと麗考の前で振る。

麗考は一瞬言葉に詰まり、迷って、一言言った。

「すまない」

俯《うつむ》き、膝《ひざ》の上で組んでいた自分の指を見下ろす。

「謝るなよ。おまえのせいじゃないだろ」

「僕だったら良かったと思う。抄本匠ではないから、仕事に支障がでることはなかったろう。よりによって君だったのが、……残念だ」

軽い笑い声を立て、白雨は麗考の肩を叩《たた》く。

「気持ちだけで充分。俺は、俺の求める生き方ができる道を、賢く探せるさ。おまえが俺と同じになったら、可哀相だと思うぞ。おまえは、本に取り憑《つ》かれているから」

「逆だ。僕が本に取り憑いている」

「どっちにしても、俺は、おまえじゃなくて良かった。おまえは不自由な奴だから。会ったときから、こいつは不自由そうな奴だなと思ってたからな。おまえは本に取り憑き取り憑かれ、仙文閣以外じゃ生きていけないだろう」

「なんで君は、そんな不自由な者に送士香を贈ったんだ」

仙文閣には一つの風習がある。技術や知性を認めた、「士《し》」――立派な人物とみなす人に、送士香を贈るのだ。故事に則《のっと》った習慣で、かつては官学でも行われていたという。そもそも送士香の名は、古い習慣に使われたからこそだ。

送士香を贈ることで、相手を尊敬し親しくなりたいという意思を示す。

麗考は、白雨と初めて言葉を交わしてから数日後に、彼から送士香を贈られた。八年も前だ。

「不自由だからさ。俺とは違う、そのあり方が気にいったんだ。おまえみたいに、不自由なほどに、自分を捧《ささ》げられるものがあるのが羨《うらや》ましい。憧《あこが》れるんだろうな。俺には、

「それがないから」

白雨はそう言って笑った。

✽

翌日も、翌々日も、同じように麗考に「どこかへ行ってくれ」と言われた。

拒絶されたものは仕方ないので、文杏は敷地を歩き回った。仙文閣の中にある四つの書庫も、晶灯を灯《とも》してひととおり見た。

三日目には、探索する場所はなくなった。仕方ないので散らかり放題の麗考の室を掃除したが、それでも時間をもてあました。

仙文閣の本を読もうとしたが、許可のない文杏は、書庫から本を持ち出すことができない。しかも長時間書庫にいると、書庫の管理をしている典書に咎《とが》められた。

ひたすら、手持ちぶさたになった。

文杏は仙文閣の基壇に腰かけ、足をぶらぶらさせながら、自分の膝に頬杖《ほおづえ》をつく。

仙文閣に所蔵されても残らない本があるという、その理由。こんなところに座っていたのでは、それを見つけ出せない。

(上辺だけ見ていたんじゃ、なにもわからない。だからって、どうすればいいのかな。

麗考には追い払われ続けるし)

麗考は、感情的に文杏を邪険にしているのではない。単純に、文杏が役に立たないから必要ないと言っているらしい。意地悪ではなく、事実自分が無能だと断じられれば、鋼の神経があっても落ちこむ。

しかも行き来する人を眺めていると、手持ちぶさたの状況が落ち着かない。

寝る場所や、食べる物を与えられるのが当然だと甘えた経験が、文杏にはない。寝床を得て、食べているなら、何かしなければと思う癖がついている。

ここに住む人は全員が、何らかの役割を与えられて忙しそうだ。それが羨ましい。

何ができるだろうと考えながら立ちあがり、目的もなく歩き出す。左手に仙文閣の黒い姿があり、右手には断崖《だんがい》の縁を埋めるように平屋の建物が軒を連ねている。どれも閲房と似た作りで、それぞれ人が出入りしていた。

この三日でわかったのは、それらの平屋の建物には某房《なにがしぼう》と名がついており、房の中では様々な仕事がなされているということ。

紙をすいている房もあれば、竹簡を削っている房もある。筆や墨、硯《すずり》を作っている房もあった。それらを横目に見ながら歩いていると、いやに静かな房がある。閲房と同様の静けさのあるその房は、抄本房《しょうほんぼう》。抄本匠が写本をしている場所だった。

立ち止まり、見るともなしに中の様子を窓から眺めた。

中には、横幅の長い几案《つくえ》が並ぶ。そこに抄本匠が座して、黙々と文字を写している。竹簡を紙に写している者もあれば、竹簡から竹簡へ文字を写す者もある。また、虫食いで破れかけた紙の本を慎重にめくりながら、新しい料紙に写そうとしている者もいる。

静かに文字を写す彼らの横顔に、ふと柳老師の面影を重ねた。

「抄本匠に興味があるか？」

「白雨さん」

笑顔で隣に立ったのは、三日前に声をかけてくれた青年、白雨だった。

「その様子じゃあ、麗考に追っ払われたな」

「この三日、追っ払われ通しです」

白雨は眉《まゆ》を下げ、「麗考がやりそうなことだな」と言った。そして文杏と抄本房の中を見比べて、訊《き》く。

「興味があるなら、仕事を習ってみるか。もちろん、本物の写本はさせてやれないが。下準備ならいいだろう」

「そんなこと、させてもらえるんですか」

「俺は顔が利くぞ。抄本匠をまとめる、匠司《しょうし》だったからな」

（だった？）

今、白雨は過去形で言わなかっただろうか。

疑問を口にする前に、白雨は文杏を促して中へ入った。中の者に声をかけると、何事か相談した後、文杏を壁際の几案へ座らせた。

「劣化して読みづらい本は、一度紙に清書しなおして、それをもとに写本をする。それを楷写《かいしゃ》という。それをしてもらう。楷写したものは、後に二度の校閲があるから、間違って写した文字は正してもらえる。気楽にな」

几案に置かれたのは、文字の滲《にじ》んだ竹簡の巻子本と、料紙と硯と筆。

白雨は文杏の傍らに立ち、筆を手にした文杏を見守る。へまをしないように監視しているのかと思うと、申し訳なかった。手伝いをするつもりでもいるのに、抄本匠の手間を取らせたのでは、本末転倒だ。

手を止め、白雨をふり返った。

「すみません、白雨さん。わたしがこれを習うばっかりに、仕事ができないんですよね」

「そういうわけじゃない。俺には仕事がないから、いいんだよ」

「抄本匠で、写本作りが仕事じゃないんですか」

「正確に言えば、俺はもう抄本匠じゃない」

彼は痛みを堪《こら》えて、無理に笑うような顔をした。自分の右手を顔の横にあげてみせる。

「俺の指、動かないんだ」

三

白雨は軽い調子で続ける。

「怪我でね」

「指が動かないなんて。そんなひどい怪我を、どうして」

「仙文閣は写本を売ることがあるんだよ。仙文閣には官吏でも頭を下げて、本を読ませてくれと言ってくるんだ。権威は揺るぎない。けど残念なことに、ご覧の通り裕福とは言えない」

自虐めいて周囲を見回す白雨の視線を追うと、たわんだ天井板や、破損を継ぎ足している几案が目に入る。

「確かに、仙文閣のお粥《かゆ》は薄いですけど」

「羽振りのいい商人や官吏から、寄付があったりするが。それだけじゃあ、立ちゆかないのが実情でね。好事家や官吏が写本を欲しいと言えば、仙文閣が作って売るってわけだ。で、一年ほど前かなぁ。百巻の写本を作って成陽に運んでたんだが、その道中に荷車が横転して、手が車輪に巻きこまれた」

その時のことを思い出すのか、白雨は笑おうとしているようなのに、何ともいえない寂しさが横顔に漂っていた。

「麗考も一緒にいた。あいつは無傷だったが、俺の怪我をひどく心配してくれた。手は、我ながら悲惨な状態だったけど。なんとか傷は治って、このふた月は指を動かす練習をしてるんだが、どうも無理そうだ」

掌《てのひら》を握って開く動作を白雨は繰り返すが、彼の人さし指と中指、そして親指は、わずかに動く程度だ。

「筆はなんとか持てるが、下手な字しか書けない。抄本匠としては使いものにならない。て、ことでな。暇があるから閣監に、麗考の手助けをしろと頼まれたんだ、実のところ」

「……そう、なんですか」

辛《つら》いですねとか、きっと良くなりますよとか、適切な言葉を探せれば良かったが。さほど親しくもない自分が口にすると、空々しい気がして、曖昧《あいまい》な返事をするのがやっとだった。

近くの椅子を引っ張って来ると、白雨は文杏の隣に腰を下ろした。

「さあ、続けて」

言われたので、再び筆を動かす。白雨は軽い調子で口を開く。

「仙文閣の中で他に仕事を見つけるか、もしくは、出て行くか。そろそろ決めないとならないんだよ、俺は」

「抄本匠以外の仕事は、ないんですか」

「あるさ。仙文閣は、『二《に》監《かん》一《いっ》書《しょ》六《ろく》匠《しょう》』といって。仙文閣の長である閣監一人と、その補佐の閣少監一人で、二監。一書は、典書。六匠は、抄本匠、竹帛匠《ちくはくしょう》、筆匠《ひっしょう》、装匠《そうしょう》、墨匠《ぼくしょう》、硯匠《けんしょう》。一書と六匠をあわせて、七職《ななしょく》とも言う。七種類の仕事があるってこと。あ、あとは。厨房《ちゅうぼう》に料理人もいるな」

「そんなに職があるんですか。閣監も王閣監以外に、閣少監がいるんですよね。会ったことはないですけど」

「閣少監は、周泰然という人だが、めったに姿を見せない。普段、どこにいるのやら。謎だ」

「閣監も閣少監も。その他の職の人も、皆、どうやって仙文閣に入ったんです？」

「君と似たようなことをするのさ。仙文閣に入りたい者は、自分で探して訪ねてくる。それでかくかくしかじかで、こんな仕事がしたいと閣監に訴える。仕事の手が足りてなくて、閣監が許せば働ける。仕事の手は足りているからと、大半は追い返される。でも、手が足りなくなったときは、一度出向いている者には、仙文閣から声がかかる」

庶民の間で仙文閣の存在を知っている者は少なく、さらに知っていたとしても神仙譚《たん》の一種と思っている人が多い。所在地すら曖昧なのだから、幻を追いかけるように仙文閣を探し求めてやって来る人たちは、それなりの事情や情熱があるのだろう。

「それだけ、職はあるんだがな。典書以外は、手先を使う仕事だから今の俺には無理だな。料理人も、細かな作業ができないから、せいぜい手伝いか。そこまでして、しがみつく気もなし」

「典書にはなれないんですか？」

声をあげて、白雨は笑う。

「無理、無理。仙文閣の典書は、四門学に入るような秀才じゃなけりゃ、勤まらない。四門学で学んだ者でも、閣監のお眼鏡にかなわなきゃ、なれないんだから。俺は州学までは行けたが、そこから先は進めなかったからな。今、典書は五十人ほどいるが、結構な狭き門だ。俺も典書になりたかったが、あきらめて抄本匠になったんだ」

「そこまで、仙文閣で働きたかったんですか。しがみつく気はないって、白雨さんは言ったけど。もし仙文閣を出たくないなら、何か」

「いや。仙文閣で働きたい、というのじゃなかったんだ。ただ俺は、筆より重いものをもって生きるのが、嫌だった。親父は薬の行商で、重い荷物を担いで歩いてた。そのせいで若い頃からひどく腰が曲がって。しかも民《みん》っていうのは、哀れなもんだ。高貴な方々に顎《あご》で使われてな。民でも、せめてなにがしかの地位があれば、地べたを這《は》いつくばる生き方はしなくていい。親父を見て決心したよ。筆より重いものを持たず、それなりの地位を得て生きようってね」

腕組みした白雨は、壁に背を預けて天井を見る。もっと上の場所があると夢想し、そこに憧《あこが》れる人の目をしていた。

(諦《あきら》めてない人の顔だ)

白雨は絶望して、自棄《やけ》を言っているわけではないらしい。

「仙文閣は俗世と離れてる。朝廷の官吏だって『本が読みたい』と頭を下げてくるんだから、すくなくとも地べたに居るわけじゃない。実際、山の上だし。抄本匠なら、筆しか持たないだろ。とは言っても、指がこうなっちゃなぁ」

顔の前に自分の右手の平をかざし、白雨は苦笑いする。

「どうするかな」

「どうするんですか？」

「まだ、決めてない。それよりも君は、どうするんだ。本を仙文閣に納めるにしろ、納めないにしろ、その後は」

「わかりません」

本当に、わからなかった。文杏の世界は柳老師を中心にできあがっていたから、それがなくなると、無辺の荒野に放り出された心地がした。行くあてもないし、歩き出すための理由も見つけられない。

ただ当面、本を守る使命がある。今はそれが、文杏を支える細い杖《つえ》だ。

「それよりも、本を守ることを考えないと」

「貴重な本なんだな、本当に。麗考も、秘書省も欲しがってるようだな」

白雨は、にっと笑う。それから彼は口を閉じたので、文杏も黙々と文字を綴《つづ》った。

無心に文字を書いていると、心が落ち着き静かになる。

文字を覚えはじめの頃、文杏はじっと座っているのが苦手で、すぐにうろつく子どもだった。すると柳老師は文杏に、本の書写をさせた。文字の練習といわれたが、それは彼女に落ち着きと集中力を養うためだったのかもしれない。

こつこつと文字を綴っていれば、知らない文字も覚えて、語彙《ごい》も増えた。

（柳老師）

じわりと心の中に広がるのは、濡《ぬ》れたような温かいような、複雑な思い。泣きたいのか、ほっこりと笑いたいのか。その狭間《はざま》の感情だった。

するとふと、自分がやるべきことが明確になる。

(こうやって抄本匠の仕事を習うよりも、わたしは麗考の仕事を知らなければいけない。柳老師の本を、安心して納められるかを知るためには)

安心材料を得るには、麗考と行動を共にする必要があると改めて感じる。

(目録を作るのが仕事なら、最も蔵書の管理に詳しいってことだもの。とは、言ってもな。毒蝮《どくはみ》があの様子じゃ)

弱気が顔を出しそうになるが、冷静な自分が意地悪く問う。

(追い払われて諦められる程度のもの?)

まさかと、即座に否定する。

追い払われても、食いつかねば。今の文杏を支えているのは、本を守る一念なのだ。追い払われても、食いついて。抜け目なく、用心深く。油断も安心もしては駄目なのだ。しかし疑いすぎても、自滅する。見極めろと、己に強く言い聞かせる。

文字を綴りながら、本を守るためにはどうするべきかと、自分自身と問答した。

そうしていると一つ、新たな自衛策が浮かぶ。

(そういう手もあるかな)

内心で、頷《うなず》く。用心に用心を重ねようと思う。

「良く書けてる。もう少し練習すれば、抄本匠になれるかもしれないぞ」

白雨が褒めてくれた。励まし半分の言葉だとしても、嬉《うれ》しかった。

「練習したいです。抄本匠になれるとは思わないですけど、文字を写すと落ち着きます」

「俺も、文字を書いてるのは好きだったからな、良くわかる。書いてれば雑念がなくなる。帰りに練習用の料紙や筆をやるよ」

夕暮れまで黙々と文字を書き続けて、その日は終わった。抄本房を出る時には、練習用の雑多な料紙と、使い古しの硯《すずり》と筆と墨をもらい、それを抱えて寝楼房へと帰った。

室《へや》の扉を開けるなり、麗考の鋭い声が飛んできた。

「君は、なんてことをした！」

料紙と筆、硯を抱えた文杏は、その場で立ち止まった。麗考は眉《まゆ》を吊《つ》り上げ、こちらを睨《にら》んでいる。

「なにか……した？」

訊《き》くしかない。ここ三日、麗考に追い払われてほとんど口をきいていないし、一緒にいないのだから、彼の気に障ることをした覚えがない。

「よくも室を掃除したな」

呻《うめ》くように言われ、きょとんとした。「よくも親兄弟を殺したな」と言われているのかと思うほど、恨みがこもっていた。

「書きためた資料が、めちゃくちゃだ。どこに何があるのか、わからなくなった」

指さされたのは、整頓《せいとん》された紙の山。牀《しょう》の上や几案《つくえ》や棚に山積みされていたものを、窓際の棚にまとめたのだ。

「もともと、どこに何があるか、わからなかったんじゃ」

「明瞭《めいりょう》にわかっていたし、整理されていた。牀の上にあった束から三番目の山の中程に、必要な資料があったはずなんだ」

「中程って。どうやって取り出すの」

「横合いから引っ張り出す」

「上が崩れるよ」

「崩れたら、その隣に新しい山を作ればいい」

「どういう整理方法、それ。目録学をやってるなら、全てのことには秩序立てた整理整頓が必要だって、知ってるんじゃないの？」

「だから整理はしていた」

真顔で答える麗考を見て、文杏はなんとなく理解した。

麗考はおそらく、頭の中の整理は得意だが、実態があるものの整理は苦手なのだ。時にそんな人がいる。自分の頭の中が整理されつくしているので、実態を丹念に整理するのがまどろっこしいのだ。まどろっこしいから、いきおい雑な整理になるのだが、その雑な整理も彼は記憶しているから支障がない。

ただ、彼自身にとっても、資料の適切な整理は利便性が上がるはずなのだが。彼はそれをする気がないのだろう。

どうしてくれると、麗考に睨まれる。

（あ、そうか）

文杏は思い立ち、手にある荷物を卓子に置く。ひとつ頭を下げた。

「ごめんなさい。勝手に資料をいじったのは、わたしの落ち度。一緒に探す。どんな資料なのか教えて」

「殊勝だな」

偉そうに言うと、麗考は棚へ向かう。おとなしく彼の隣に立った文杏には、ある思惑があった。山のような資料を見下ろして、ほくそ笑む。

（なんだか、腕が鳴るな）


近頃、朝はひどく眠い。昨夜も文杏は、かなり夜更かしをした。

抄本房で手習いの道具を一式もらった日の夜から、麗考に晶灯を借りている。

晶灯を借りたいと申し出た文杏に、彼は「何をするつもりだ」と怪訝《けげん》そうに問うた。

抄本房で料紙をもらったから手習いをするのだと答え、文字を書くと心が落ち着くと言うと、彼は素直に晶灯を貸してくれた。

文字を書いていると、実際に心が落ち着いた。深夜まで筆を使っていた。

そうすると落ち着くのと同時に疲れるので、夢も見ずにぐっすり眠れるのがいい。夢を見たくないから、有り難い。

柳老師の死を知ってから、夢を見るのが怖い。

柳老師が殺される夢を、何度も見る。辛《つら》くて、怖くて、怒りに震えて、目が覚める。時には柳老師が実は生きていたというような、都合のいい夢や、幸せな子ども時代の夢も見たが。その夢は幸せなぶんだけ、さらに辛かった。

麗考も同様に、夜遅くまで晶灯を使っているが、木屏風《びょうぶ》を挟んでいるので互いの晶灯が灯《とも》っていてもさして気にならず、寝たいときは寝られた。

そんなわけで、ここのところずっと夜更かしなのだ。ゆえに、ひどく眠い。麗考が窓を開けはじめると目が覚めるのだが、うっかりすると、再びとろとろ眠っている。

今朝も、麗考が室を出る音で驚き、飛び起きた。

身繕いをして顔と口をすすぎ、懐にはしっかり本を抱え、室から飛び出す。

厨房《ちゅうぼう》で麗考に追いつく。送士香に火を入れている彼の背に「おはよう」と声をかけると、彼は「来なくていいのに」と、言いたげな顔でふり返った。

麗考が嫌な顔をするのは、もっとも。

手習いをはじめた翌朝から、文杏は麗考の仕事を手伝うと宣言して、彼の傍らにいることにしたからだ。気が散るからどこかへ行けと言われても、にっこり笑って「嫌です」と言う。

麗考は、ただただ、うんざりした顔をした。

彼のいいところは、そうやって心から勘弁して欲しいと思っていても、それが怒りに繋《つな》がらないところだ。普通なら怒り出す。

文杏は、それにつけ込んでいる。

「なんだって君は、こうやって僕につきまとうんだ」

送士香の細い煙を漂わせながら、厨房を出た麗考は情けない声で言う。

「王閣監が、麗考の管理下で過ごせと言ったから。それに仙文閣の秘密を知るためには、麗考にひっついてるのが一番良さそうだと思う。白雨さんも、仙文閣のことを知るためには、麗考の仕事を手伝うのが一番いいって言ったし」

「仙文閣に秘密なんかない。あるのは鉄則のみ」

「じゃあ、どうして柳老師の本だけが、蔵書になったとしても残らないって言ったの。しかも、書庫にある蔵書の冊数と目録上の冊数に、大きな開きがあるように思える。それも妙だし」

碧玉《へきぎょく》の瞳《ひとみ》が、ちらりと一瞬面白そうな色を浮かべる。

「気がついたのか。数十万の単位を超えると、数の感覚が曖昧《あいまい》になる者は多いのに。莫《ば》迦《か》は莫迦なりに見所はあるけれど、問題は君の蟒蛇《うわばみ》体質だ」

「また蟒蛇？　それなら言わせてもらうけれど、麗考は毒蝮だよ」

「毒蝮？」

心外そうに、麗考は立ち止まり腕組みして文杏を見下ろす。彼は背が高い。文杏は顎《あご》をあげ、挑む目つきで彼を見上げる。言われっぱなしは、性に合わない。

睨み合う二人を、他の者たちが面白そうに横目で見ながら、通り過ぎていく。

「毒蝮の意味は？」

「お口から毒を吐くから」

「なんでも丸吞《まるの》みの子どもが、無礼だ」

「お互い様。毒吐き男も、無礼だもの」

すぐ近くで笑い声がしたので、二人とも同時にそちらに目をやる。白雨だった。

「往来で喧嘩《けんか》か？　仙文閣随一の天才に嚙《か》みつく者がいるとは、俺たちにとっては面白い見世物だが。みっとも良くはないぞ」

白雨は、口元を引き締めようと努力していたが、目に浮かぶ笑いは消せていない。麗考は横目で白雨を睨む。

「君が余計なことを吹きこんだのが悪い。僕の仕事を手伝えと、そそのかしたと聞いた」

「それが文杏の望みに叶《かな》うことだから、教えたんだけどな」

「それを、そそのかすと言うはずだ」

「怒るなよ。お綺麗《きれい》な顔が台無しだ。もっと愛想良くすれば、文杏も嚙みつかないぞ」

顎辺りに触れた白雨の指を、麗考は容赦なく叩《たた》く。

「怒ってはいない。苦情を言っている」

「王閣監は、おまえに面倒を見るように命じたんだし、苦情を言われる筋合いはないと思うぞ。まあ、苦情はいつでも聞くさ。それよりもその、王閣監からおまえに呼び出しだ。閣監の宮室《やしき》へ来いとさ。宮城から、人が来たそうだ」

（宮城。まさか）

無意識に、文杏は懐を押さえた。そこには柳老師の本がある。

「僕を呼び出す用件の詳細は？」

「さあな。俺は、呼んでこいと命じられただけだからな」

白雨は肩をすくめた。麗考はさも面倒そうに溜息《ためいき》をついたが、すぐに表情を引き締めた。「わかった行こう」と、方向を変えて歩き出す。

麗考の背を、文杏も追う。歩幅が違うので、彼が早足で歩くと文杏は小走りになってしまう。

「仕事ではないから、君が来る必要はない」

背を向けたまま麗考は言った。

「宮城からの客人が、わたしに関わりないと言い切れない。関わりがあった場合、わたしはその場で自衛手段をとらなくてはならない。本を守るために」

「君を守るとは保証できかねるが、僕たちは本だけは守る」

「麗考に任せれば安心と確証があれば、とっても心強い言葉だけど。秘密を今教えてくれれば、すぐにでも本を仙文閣に納められるかも」

「言ったはずだ。仙文閣に秘密はない」

閣監の宮室の院子《なかにわ》には、軍装の男が一人控えていた。客人の護衛だ。帯剣していないのは、門で剣を預けたからなのだろう。青緑色の獅子《しし》を刺繡《ししゅう》した腰帯を着けているので、おそらく羽林士《うりんのし》——宮城の近衛兵《このえへい》。落ち着いた、しかし油断のない目で、入ってきた二人に黙礼する。物怖《ものお》じしない礼儀を知る態度は、品秩《ひんちつ》をもつ軍人だ。

そのような軍人を従えているとなれば、宮城からの客人は身分のある者。

(まさか秘書少監)

四章　本を求める貴妃

一

警戒しながら堂屋へ目を向けると、そこに薄紅の柔らかな彩《いろどり》が見えた。続いて、くすくすっと笑う、女たちの華やいだ笑い声が漏れ聞こえる。

(官吏じゃない?)

麗考の方を見ると、彼はそれでも訝《いぶか》しげな顔をしていた。文杏の引き渡しを要請する秘書少監でなければ、客が誰なのか見当がつかないのだろう。

麗考が堂屋の前に立ち礼をとると、文杏も彼の斜め背後に控え、倣って礼をした。

「徐麗考、参りました」

「来たか、麗考。おお、文杏も一緒だの。両名とも顔をおあげ、お入り」

閣監、王天佑の柔らかい声が応じたのに被《かぶ》せるように、

「文杏?」

澄んだ声が呼ぶ。顔をあげ、堂屋の中に立つ、ほっそりとした女性の姿を認めた。滲《にじ》んだような薄紅の襦裙《じゅくん》に、淡い青の披帛《ひはく》。白い額に朱の花鈿《かでん》。慎ましやかに咲く花

を連想させる女性だ。彼女の背後には二人、侍女らしき少女もいる。

あまりに洗練された美女だったので、誰なのか最初はわからなかった。しかし微笑む彼女の、気弱そうで優しい目元を見て気づく。

「翠蘭《すいらん》様？」

「ああ！　やっぱり、文杏なのね」

彼女は文杏に駆け寄り、両肩に手を置いて顔を覗《のぞ》きこむ。涙ぐんでいた。

「翠蘭様が、なぜこんなところに」

呆然《ぼうぜん》と問う。

「それは、こちらが訊《き》きたいわ、文杏。よく無事で。柳老師のことを数日前に聞いたの。あなたはどうしたのかしらと、気になっていて」

「文杏とお知り合いでしたかの、向貴妃《こうきひ》様」

進み出て訊いたのは、閹監の天佑。

麗考が「貴妃？」と呟《つぶや》き、まじまじと無遠慮に彼女を眺める。

宮城からの客だと聞かされたので、てっきり官吏かと思っていたが、後宮からの客人だったらしい。

宮城には外朝と内朝がある。外朝は政の場だが、内朝は皇帝の私的な生活の場であり、その一部に後宮がある。

後宮には皇帝の妃嬪《ひひん》たちが住み、品秩《ひんちつ》をもつ妃嬪だけでも百人以上が住む。

妃嬪の中で特に、四夫人《しふじん》と称される位があり、貴妃、淑妃《しゅくひ》、徳妃《とくひ》、賢妃《けんひ》と呼ばれる四人がある。彼女たちは皇后の次に高位であり、品秩は正一品。最上位にある。

貴妃は、滅多に人目に触れることのない高貴な女性だ。麗考が驚くのも当然かもしれない。ただ彼の視線は、賛嘆するというより、珍獣を観察するようではあったが。

向貴妃翠蘭は、涙のたまった瞳で天佑にふり返り、微笑む。

「はい。後宮に入る前、わたくしは柳老師という方に、学問を教えて頂いておりました。文杏は、柳老師の弟子です。柳老師と一緒にいつも、わたくしの許《もと》へ来てくれていました。昨年の春まで、五年間。月に二、三度は会っていました」

「翠蘭様は、どうして、ここにいらしたんですか?」

驚きが覚めないまま、文杏は問う。

「詩作の閃《ひらめ》きを得るために、本を探しに来たの。何冊か、あてがあるのだけれど。その他にも役に立つ本を知りたいと閣監にお伝えしたら、典書と相談するのが良いだろうと」

「そなたを呼んだのはそういうことだ、麗考。向貴妃様のご要望を聞き、必要な本を選び出すようにの」

翠蘭を物珍しげに観察する麗考に向かって、天佑が目を細めて言う。

「向貴妃様からは、書仙へ布施も頂戴《ちょうだい》した。失礼なきように勤めておくれ」

いやに天佑が嬉《うれ》しげな様子だと思ったが、そういうことかと納得した。

(仙文閣の粥《かゆ》は、薄いものなぁ)

育ち盛りの文杏のお腹が夜中に鳴るほどに、仙文閣の食事は質素。寝楼房も隙間風が吹くし、麗考をはじめ、大概の者が色の抜けた袍《ほう》を身につけている。つくづく、夢の国ではない実態を肌で感じている最中だ。

天佑は初対面の時に、資金は必要と口にしていたが。実のところ必要どころか、硬貨一枚なりとも多く欲しいのではないだろうか。

「承知しました」

素っ気なく応じる麗考に、翠蘭は微笑む。

「お願いいたします、徐麗考。有能な典書と聞いていますから、頼りにしています」

「では、まず。あなた様が探されている本をお持ちします。その後、お話をうかがいましょう」

翠蘭が望む本の一覧が書かれた紙が、侍女から麗考に渡された。

麗考は一礼し、仙文閣へ向かった。

天佑の計らいで、文杏は、翠蘭と同じ卓子について麗考を待つことになった。

仙文閣の蔵書は、敷地内から持ち出すことを禁じられている。閲覧を希望する外部の者は、まず身分を証明し、仙文閣の人間にともなわれて門を潜る。読みたい本は典書が探して書庫から持ち出し、閲覧は典書の監視の下、閲房でおこなう。

通常はそのような手順らしい。だが流石に貴妃を、典書たちの仕事場でもある閲房に通せないという配慮から、特別に閣監の宮室での閲覧が許されたのだ。

文杏と翠蘭が旧知であり、翠蘭がひどく懐かしそうなのを見て取った天佑は、「閣少監の泰然と相談がある」と言って宮室を出た。侍女たちも遠慮して、廂房《しょうぼう》へさがった。

人目がなくなると、翠蘭は文杏の手に手を重ねた。相変わらずほっそりした白い指は、強く握れば折れそうな頼りなさ。儚《はかな》げで、弱々しい風情は以前と変わらない。

「会えて良かったわ、文杏。一年ぶりかしら」

「一年でしたか。たった」

文杏の感覚では、翠蘭と会わなくなって、数年がたったような気がしていたのに。わずか一年だったかと、時の感覚が乱れているのを自覚した。柳老師が捕縛されてから仙文閣に辿《たど》り着くまでのひと月半が、文杏の中ではとてつもなく長い時間になっているようだった。

翠蘭は山夏州に荘園をもつ大貴族、向家の娘。

向家の宮室は都の成陽にあったが、別邸として山夏州の州都にも宮室を所有していた。翠蘭はそこで育ち、柳老師は彼女の父に請われ、彼女に学問を教えるために出入りしていた。

大貴族の娘でありながら、翠蘭はいつもどこか自信なげで弱々しく、可憐《かれん》だった。さして物覚えは良くはないが、理解力はあるし、素直で努力家。柳老師は、弟子として同行していた文杏に、彼女と一緒に学ぶことを命じた。深窓の姫君である翠蘭には友だちと呼べるような存在はなく、そのためか、文杏と学ぶことを嬉しがった。

文杏よりも三つも年上だったが、彼女は文杏よりも無邪気な笑顔の人だった。

それが五年続いた。しかし昨年の春、翠蘭は皇帝に望まれ後宮に入ったのだ。

「翠蘭様は、お元気でしたか」

「わたくしは大丈夫よ。陛下はお優しいし、随分可愛がって頂いてる。でも、柳老師のこと。あの話は本当なの？　柳老師が処刑されたと、侍女から聞いたの。でも信じられなくて」

「本当です。県令に捕らえられて。どんな最後だったかは、伝え聞いただけです」

柳老師の最後を自分の目で見なかったし、亡骸《なきがら》も確認していない。ただ柳老師の処刑を目の当たりにしたのは、信頼の置ける里正だった。嘘でも間違いでもない。

死を目の当たりにしなかったのは、良かったのか、悪かったのか。

死んだと知っていても、それを受けとめきれない自分がある。悪あがきのように、認めたがらない。自分の理性は事実を理解しているから、哀しいし、苦しい。けれど悪あがきの部分が、哀しみを吐き出して泣き叫ぶことを邪魔する。泣いたら死を認めることになると、無意識が自分を縛る。

「……そう。本当なのね」

翠蘭の瞳《ひとみ》に涙が盛りあがる。それに引きずられるように、胸の奥から何かがこみあげそうだ。

「あなたは、どうしてここに？　文杏」

「柳老師の書いた本を、仙文閣に納めようと思って来たんです。それが、わたしの務めだと思うので。本を、守ろうと」

文杏は笑顔を作ると、急いで立ちあがった。

「それにしても、麗考が遅いので。ちょっと急《せ》かしてきます」

宮室《やしき》から飛び出すと、ほっとした。翠蘭の涙に引きずられそうだった感情が、彼女から離れるとすっと引いた。まだ文杏の心は、悪あがきしている。

仙文閣に入ると晶灯を手にして、書庫の中で麗考の姿を探した。

しかし奇妙なことに、どこにも麗考の姿がない。彼は来ていないのかと思い、本の持ちだし管理をしている典書に「麗考を知らないか」と訊くと、彼らは「書庫に入った」と答えた。

本が詰まった書架が年輪のように重なり、薄暗く沈む書庫の中で、行き違いになったのかと考え、もう一度慎重に書庫を巡った。動く晶灯の灯《あか》りを一つ一つ確認した。

しかし、麗考はいない。肩にかかる編み髪の先を、くるくる指で弾《はじ》いて考え込む。

(どういうこと？　書庫に入ったのは確からしいのに、姿が消えている)

晶灯を手に秋庫の出入り口に立っていると、背後から麗考の声がした。

「そこ。通れないから、退《ど》いてくれないか？」

「麗考!?」

巻子本をいくつか右腕に抱え、左手に晶灯を持った麗考がそこにいた。

「秋庫と冬庫を往復していた。彼女の求めた本は、史書や作品集だから」

「いなかった。麗考はどちらの書庫の中にも、いなかったよ」

「いたはずだ。君が探しそこねたんだろう。そこを退いてくれ」

書庫の中に、麗考がいたはずはない。それは確信している。揺れ動く晶灯の一つ一つを確認していたし、その後は秋庫の出入り口に立って、二層の渡り廊下が見える位置にいた。彼が渡り廊下を伝って、書庫から書庫へ移動した姿は見ていない。

(嘘だ。変だ。本当に、変だ。絶対に書庫にはいなかった)

それなのに彼は、秋庫の中から姿を現した。

薄ら寒いものを感じる。

仙文閣に秘密はないと、麗考は言う。だが確かに、奇妙なことは存在する。

「先に行くよ」

竦《すく》んでいると、麗考がさっさと歩き出す。文杏は今一度、仙文閣は油断ならないと心に刻み、彼の背を追う。

堂屋で待っていた向貴妃は、麗考が運んできた本を前にして、ふんわり笑う。

「ありがとうございます、麗考」

「これで、間違いはないのですか?」

脚の長い黒漆塗りの台は、本を置き、読むために堂屋に置かれている見案《けんあん》。書見のための専用の台だ。その上に五冊の本が並ぶ。

見案の前に立った麗考は、訝《いぶか》しげだ。

『呉氏文集《ごしぶんしゅう》』『呉家文集抄《ごけぶんしゅうしょう》』『増註登賢絶句三体詩法《ぞうちゅうとうけんぜつくさんたいしほう》』『聚選《しゅうせん》』『夏候氏磊書《かこうしらいしょ》』。これで間違いないのですね」

念を押す麗考に、翠蘭は小首を傾げる。

「なにか不審な点でもありますか、麗考」

「ひとつだけ、史書の類《たぐ》いが交じっています。春朝六代皇帝劉磊《りゅうらい》――懐帝《かいてい》に仕えた、夏候洋《かこうよう》が記した日記です」

彼が指さした先には『夏候氏磊書』がある。帛布《はくふ》に書かれた、漆の軸の巻子本。

「ええ。この時代、皇帝陛下と後宮の妃嬪《ひひん》たちには、様々に美しい恋愛模様があったとか。それをもとに詩作ができないかと思って。史書では書かれないでしょう？　そんなこと。だからその時代の官吏が書いた日記を読んでみたかったの。そんなふうに、古《いにしえ》の出来事を題材にして詩作ができないかしら。心当たりは、おあり？　そのような本があれば、読みたいわ」

「心当たりはあります。お持ちしましょう。しかし仙文閣の本は、持ち出しが禁じられているのをご存知ですか？　特別に閣監の宮室でご覧頂いていますが、この宮室から典書の手以外で持ち出すことすら禁じられています。後宮に持ち帰ることなど、できません。さらに数冊本をご覧にいれても、今日一日で全て読むのは不可能かと思いますが」

「そうね。では、ひととおり全ての本の内容を確認して、必要な本の、必要な部分だけを読むわ。そのためには、まず本を見せて頂かないと。良いですか？」

「承知しました」

麗考が出て行く。見案の前に立った翆蘭は並んだ本をしばらく見つめていたが、ふと思い立ったように、文杏にふり返る。

「あなたも、麗考と一緒に本を探してくれないかしら？　その方が早く見つかるのなら」

「わたしが行っても、役には……」

「お願い。文杏」

甘える声に覚えがあった。昔、彼女のこんな声を聞いたことがある。いつ、どんなときだったか。そして、すぐに思いだした。彼女は何かを誤魔化したいとき、こんなふうに下手な甘え方をしていた。

視線を感じて院子《なかにわ》に目を向けると、羽林士が堂屋のごく近くに控え、文杏の隙を窺《うかが》っているようだ。

（なんだ、これ。急に）

和やかで穏やかな気配が、幕が断ち切られ落ちたように急激に変わっていた。翆蘭は笑顔のままだが、彼女の緊張感が伝わる。

「ね。お願い。行ってくれるわね」

翆蘭は文杏を、この場から遠ざけたがっている。この場に残るのは、彼女と本。それで彼女は、なにをするつもりなのか。文杏は暫《しば》し沈黙した後、頷《うなず》く。

「わかりました。行きます」

駆けだした文杏は、出て行ったばかりの麗考を追った。

（麗考を呼び戻さないと、きっとまずいことになる！）


文杏が出て行くと、翠蘭の顔から笑みが消えた。怖ろしいもののように見案を見下ろし、そこにある『夏候氏磊書』から遠ざかるように、一歩足を引く。人目を恐れるように周囲に目をやり、胸に手を置き息をつく。

しばらくしてから背筋を伸ばし、表情を改め、侍女を呼ぶ。呼ばれた若い、文杏と同年代の侍女が、廂房《しょうぼう》からやってきて礼をとる。

「お呼びでしょうか、向貴妃様」

「手元が、暗いの。灯りを持ってきてくれないかしら？」

侍女は「え？」と、堂屋の外と見案の辺りを見比べた。

「暗くないようです」

「いいえ、暗いの。灯りが必要なの」

「でも」

「持ってきて。お願い」

焦ったような、懇願するような声音に、侍女は戸惑った様子だったが、「わかりました」と退室した。胸の前で両手指を絡ませ、翠蘭は見案を見下ろす。手指が細かく震えていた。

「向貴妃様。わたしへのご下命は」

院子から静かに、羽林士が声をかける。

「大丈夫。大丈夫よ。あなたは、そのまま控えていて。どんな騒ぎになっても、典書に手を出しては駄目。仙文閣に敵することは、陛下のためにしてはならないから」

細く頼りない声で、答えた。

「すぐに済ませられるわ。すぐよ。わたくしが、やります」

二

「麗考！　戻って！」

閣監の宮室からいくらも離れていない場所で、文杏は麗考に追いついた。背後から袍《ほう》の背中を引っ張ると、彼は均衡を崩してよろめく。

「なにをするんだ、君は。僕を引きずり倒して、憂さ晴らしでもする気か」

「すぐに宮室に戻って。翠蘭様の様子が変だ。何か思い詰めてる」

麗考の手を握り、無理に引っ張り走り出す。たたらを踏んだ麗考は、それでも引っ張られるまま走る。

「僕に悩み相談をされても困る」

「違う！　よく、わからない。けれどあの人の近くに、本を置いておけない。何かしそうだ。でも、わたしは典書じゃないから本を持ち出せない。あの人の前から、麗考が本を取りあげて」

「何かする？　まさか本に」

「翠蘭様が求めた本は、竹簡と帛布の巻子本だから、手では簡単に裂けない。堂屋には刃物もないし、墨もない。すぐには、どうこうできない。でも、あの人はわたしを追い出そうとした。甘えた声で。あれは、なにか誤魔化しをしたいときに、あの人が出す声だよ」

あのまま頑として、翠蘭の側を離れない選択肢もあった。しかし院子で控える羽林士の目は、今にも文杏に飛びかかってきそうな色をしていた。

翠蘭が何かをしようとしたとき、文杏が止めに入っても、彼に押さえられる。

それを直感し、麗考を呼び戻すことを選んだ。

(麗考は仙文閣の典書だから、羽林士も手が出せないはず)

春朝は三百年、仙文閣に干渉していない。それは仙文閣の呪いが発動するのを、恐れているからだろう。ということは、仙文閣の一部である典書にも危害を加えられないはず。それは、仙文閣を損なう行為の一つだから。

門を潜り院子に駆け込む。堂屋近くに控えた羽林士が、立ちあがり身構えた。

堂屋の中、見案の前に翠蘭がいる。見案にはなぜか晶灯があり、蠟燭《ろうそく》が燃えている。彼女は晶灯の被いの部分、水晶の筒を持ち上げて外し、蠟燭の炎を露出させようとしていた。

「翠蘭様!」

文杏の声に、翠蘭は、はっとこちらを向いて怯《おび》えた顔をした。

堂屋へ駆け込もうとした文杏を、羽林士の太い腕が遮る。文杏はその腕にしがみつき、手足をばたつかせた。その隙に、麗考が中へ飛びこむ。

急いで翠蘭は水晶の筒を外し、蠟燭を手にした。もう一方の手には巻子本がある。蠟燭の炎をそれに近づけようとする。麗考が、蠟燭を持つ翠蘭の手首を握った。

「君は、莫迦《ばか》か!」

「お願い、放してください」

翠蘭が身をよじると、蠟燭の炎が流れる。それを見て取った麗考は、迷わず蠟燭に手を伸ばし、炎を握った。翠蘭が驚き悲鳴をあげ、蠟燭から手を放す。麗考が手首を突き放すと、彼女は巻子本を投げ出し、床に倒れた。

麗考は炎を握りつぶした蠟燭を、院子へ向かって投げ捨てる。

「向貴妃様」

羽林士が文杏を解放し、堂屋の中へと走る。倒れ伏した翠蘭の前に立ちはだかった。

「なんということをする、貴様！　典書の分際で」

「やかましい！　それはこちらの言い分だ！　そこの莫迦は、なにをしようとした！」

「貴妃様に向かって、なんたる口をきく」

麗考に摑《つか》みかかろうとする手を、細い声が押しとどめた。

「駄目。駄目です。やめて。典書に手を出しては、駄目」

床に広がる、披帛《ひはく》と裙《くん》は、薄紅と薄青の可憐《かれん》さだからこそ痛々しかった。踏みにじられた花のように、翠蘭は床に伏している。羽林士は唇を嚙《か》むと、翠蘭の傍らに膝《ひざ》をつく。

細い体に触れるのを恐れるように、彼女の肩が震えるのを見つめる。

「君は、本を焚《や》こうとしたな」

訊《き》いた麗考の声は怒りに震えている。炎を握りつぶした拳《こぶし》は、固いまま。

床に伏した翠蘭は、顔をあげることなく、細い糸のような声で詫《わ》びる。

「ごめんなさい」

「僕は、謝罪は要求していないよ。焚こうとしたのかと、訊いているんだ」

「……はい。……はい。ごめんなさい」

「今すぐ仙文閣から出て行け。王閣監には僕から伝える。一刻も早く、出ろ」

文杏は愕然《がくぜん》としていた。なぜ翠蘭がこんな真似をしたのか、わけがわからないし、信じられない。彼女は詩作や読書の好きな人だったのに。

「本を焚く愚か者」

呻《うめ》くような麗考の声。

(翠蘭様は愚か者じゃない。努力家で、ものの道理はわかる。けして愚かな人ではないはず)

文杏は堂屋へ駆け込み、伏して泣く翠蘭の前に膝をつく。

「理由がありますね、翠蘭様。こんなことをした理由が。教えてください」

「理由など訊くにおよばない」

冷ややかな麗考に、文杏はふり返った。

「訊くべきだよ、理由を」

「理由がなんであれ、本を焚こうとしたのには変わりない」

「このままお帰りになったら、この方は本を焚きたい気持ちを抱えたままの、本の敵であり続ける。けれどもし、理由がわかり、本を焚く気持ちが失《う》せる方法が見つかれば、この方は本の敵ではなくなる。虎を野に放つか、もしくは虎の牙《きば》を抜いて野に放つか。どちらが良いか」

微《かす》かに麗考は眉根《まゆね》を寄せる。

文杏は彼の返事を待たず、今一度翠蘭に向き直り、両肩に手を乗せ励ます。

「わたしは知ってます。翠蘭様は本当は、本を焚くような方じゃない。理由を教えてください。お願いします。泣かないで、翠蘭様」

「向貴妃様に罪はない。あるとすれば、後宮の他の妃嬪《ひひん》の方々だ」

苦々しげに、思わずのように口を開いた羽林士を、翠蘭が涙で濡《ぬ》れた顔をあげて仰ぎ見る。

「よして。あなたが言ってしまったら、わたくしは益々惨めになる。自分で……自分で言います。文杏、ごめんなさい。せっかくあなたに会えたのに、こんな姿を見せてしまった。たくさんのことを教えてくださった柳老師にも、顔向けできない」

床に転がっていた巻子本を、麗考が拾い上げる。『夏候氏磊書』だ。

「あの本のなにが、翠蘭様を追い詰めたんですか」

「あの本に、向家が皇帝殺しの一族だと書いてあると。向家の者が懐帝に毒を盛り、弑《しい》し奉ったと」

何者かに追われているような切羽詰まった声で、翠蘭は文杏の短襦《たんじゅ》の袖《そで》を摑む。

「あれは、わたくしが皇帝殺しの血を引く証拠なのだと皆が言います。皇帝殺しが、あつかましくも陛下のお側に侍《はべ》っている。皇帝殺しが後宮で大きな顔をして歩いている。皇帝殺しが図々《ずうずう》しく笑っている。皇帝殺しが、皇帝殺しがと。侍女たちまで指さします。どうして？　わたくしは、知らない。昔、向家の誰かが、皇帝陛下に毒を盛ったことなんて。今生きている者は、誰も実際には見たことがない。けれどその本に書いてあるから、わたくしは皇帝殺しの血だと。ではその本さえ消えてなくなれば、わたくしを責める者は、責める理由を無くします。だから」

「それこそ、愚かだよ。本が消えても、君を誹謗《ひぼう》する者どもの記憶が消えるわけではない。本が消えても、その者どもの誹謗は止まない」

斬り捨てる口調で麗考が言う。翠蘭も、そんなことはわかっているはず。

(それでも。消したいと思わずに、いられなかったんだ)

今まさに、野犬の群れに囲まれているような目で、「皇帝殺し」と口にする翠蘭は、ぎりぎりまで追い詰められている。

悪意という野犬が、彼女の心を食い荒らし、殺そうとしているのだ。

後宮は辛《つら》い場所だ。翠蘭がやっていけるか心配だと、柳老師は口にしたことがある。

翠蘭は、おそらく皇帝に愛されている。彼女が強く望まれ後宮に入り、貴妃となったのがその証拠。しかしだからこそ、嫉妬《しっと》や憎悪は計りしれない。

「文杏、文杏。ごめんなさい。わたくしは、でも……耐えられないの。耐えられなかった」

文杏の肩口に、翠蘭が額をこすりつける。

貴妃にまでなり皇帝の寵《ちょう》を受けている翠蘭が、後宮から逃げることは許されないはず。

彼女は、ずっと耐えるしかない。あるいは、戦うか。

(戦わなければ、翠蘭様はいずれ押し潰《つぶ》される。けれどこの気の優しい人に、ただ強くなり、誹謗する者と戦えというのは酷だ。せめて戦うための武器がいる。この方に、武器を)

翠蘭は、柳老師が行く末を心配していた教え子。文杏もともに学んだ人だ。

（この人に武器をあげたい。わたしが、あげられるものなら）

翠蘭を誹謗する者の武器は、『夏候氏磊書』に記された言葉。

対抗するための武器は、なんだろうか？

そこまで思考が進み、閃《ひらめ》く。背後の麗考をふり返った。

「麗考。お願い。探して欲しい本がある」

「いきなり、なんだい？」

「『夏候氏磊書』が書かれたのと、同時代の史書の類《たぐ》い。官吏の日記や、羽林士の勤務簿とか。とにかく、宮城に勤める人が書いた本を、ありったけ、ここに持ってきて欲しい。それが、翠蘭様の武器になるかもしれない」

仏頂面だった麗考の表情が、はっと変わる。「武器になる」の一言で、麗考は察したらしい。「そういうことか」と、小さく口にすると、何も言わず堂屋から出て行った。

羽林士の手を借り、文杏は翠蘭を榻《とう》に座らせた。羽林士は一礼し、気遣わしげな顔のまま堂屋の外へ控えた。

翠蘭の前に跪《ひざまず》き、膝に手を添える。

「わたくしは、……あつかましい？　血の臭いがする？　笑顔……、気味が悪い？　打《ぶ》たれても当然なの？」

小さく呟《つぶや》くように、翠蘭は問いかけた。

腹の底から怒りが湧く。おそらくこれは、翠蘭が周囲から投げつけられた言葉。彼女に突き刺さり抜けない、鏃《やじり》のように卑劣なもの。

「翠蘭様は、控えめすぎるほど控えめで、いつも良い香りがします。わたしは、翠蘭様の笑顔は優しくて、とろけるようで、大好きです。そしてもし翠蘭様を打って、それを当然という者がいたら、その者は道理を知らない阿呆《あほう》です」

しばらくして戻ってきた麗考は、帛布《はくふ》に書かれた、紺瑠璃《こんるり》の軸の巻子本を三つ抱えていた。彼が戻ってきても、翠蘭は顔すらあげなかった。

「これを広げてご覧にいれる。文杏、榻の前の床を綺麗《きれい》にしてくれ」

見案に本を置くと、麗考は紐《ひも》を解く。

文杏は石の床の上を掃き清め、腰に下げていた手巾《しゅきん》で拭《ふ》く。麗考は清められた床の上に、三冊の巻子本を広げて、縦に並べる。無闇に広げたのではなく、文字を目で追い、必要と思われる箇所を榻の正面に置いているらしい。

(あれで、麗考には全部伝わったんだ)

そのことに驚愕《きょうがく》していると、目が合った。麗考は任せろと言うように、小さく頷《うなず》く。

広げた本の傍らに膝をつき、麗考は翠蘭を見つめた。

「君。これを見ろ」

ぞんざいな言葉遣いは、まだ彼が、翠蘭に怒っているからだろう。

のろのろ、翠蘭は視線をあげた。

「この三つの本は、それぞれ『夏候氏磊書』と同時代に書かれたものだ。一つは、懐帝の皇后付きであった女官の日記『孤女夜話《こじょやわ》』。もう一つは、羽林士の記録『壁事録《へきじろく》』。残り一つは、内朝の衣食、医薬を司《つかさど》る殿中省《でんちゅうしょう》で、殿中監《でんちゅうかん》への報告記録がまとめられたもの『殿中監事跡考《でんちゅうかんじせきこう》』。まずこの部分を見ろ」

麗考の指が、黄ばんだ帛布に綴《つづ》られた墨文字を、つっとなぞる。

「『殿中監事跡考』。これは殿中監への報告記録。懐帝が亡くなる前後のもの。この記録を見れば、懐帝は崩御半年前から寝付いていて、方技をつくしていたのがわかる。多くの薬が用いられた。これだけの薬が毎日のように使われていれば、皇帝の周囲に人目がなくなることはなく、また、怪しげなものを皇帝が口にする隙はないとわかる」

ぼんやりと、翠蘭は彼の指先を見つめている。

麗考はかまわず、もう一つの帛布に触れる。

「こちらは羽林士の記録、『壁事録』。懐帝崩御の数日前から、数日後までの宮城への出入りが記録されている。この当時、官吏だった向家の者は、向灯実《こうとうじつ》。『夏侯氏磊書』で、懐帝を毒殺したと記されている人物だ。羽林士の記録を見る限り、皇帝崩御の前五日間、向灯実は宮城に来ていない。それどころか、皇帝崩御の知らせに駆けつけたのは、崩御から三日後。都の遥《はる》か南にある港、浪南《ろうなん》から駆けつけたとある。さらに、最後」

淡々と、麗考は続けた。また別の帛布の文字に触れる。

「皇后付きの女官の日記、『孤女夜話』。皇后は懐帝の崩御に際して、様々なことを口にしていて、女官はそれを細かく書き留めている。そのうち君が見るべきは、この一文。

『夏候洋、譖言《ざんげん》して向灯実に弑逆《しいぎゃく》の疑い是ありと。后《きさき》、罪なきを貶《おとし》めるを怒り、夏候洋を退ける』。向灯実に弑逆の疑いありと告げた夏候洋を、皇后が罪なきを貶めると怒ったと、書かれている」

麗考が事もなげに、それらのことを告げている。文杏は、恐ろしいとさえ思った。

（あの短時間で、これらを。どうやって？）

文杏がやりたいと思ったことを麗考は、「武器になる」の一言で理解し、信じられない早さでやってのけた。

翠蘭は目を瞬《しばた》いている。麗考が意図するところが、まだ伝わっていないのだ。しかし彼の言葉が、なにかしら彼女の救いになるだろうことだけは、察しているらしい。

「これが君の武器、あるいは盾。この本たちがあれば、君は戦える」

三

「……武器」

不安げな翠蘭の手を、文杏は強く握る。

「妃嬪たちが、向家や翠蘭様に向ける誹謗は、『夏候氏磊書』を元にしています。けれどそこに書かれていることが、事実ではない可能性がある、ということです。麗考がご覧にいれた本には、『夏候氏磊書』の記述が夏候洋の曲筆だと言える根拠があるんです」

「向家は、皇帝殺しではない？　本当に？」

「そう言える材料がある。ただし、どれが真実かは今のところわからない」

麗考は、冷静に告げる。

「向家が懐帝の崩御に関わったか、関わっていないか。双方の記述がある。どの本にも同等の価値と信頼が置けるとするなら、どちらが事実かは、今現在判断できない。ただ一方的になじられる必要はない。同等の反証があるからだ。誹謗する者が『夏候氏磊書』をして君をなじる根拠とするなら、君は『孤女夜話』、『壁事録』、『殿中監事跡考』をもちいて反論が可能」

「あの方々に、そんなことを言っても通じません。あの方々は、ただひたすらに、わたくしが憎らしくて」

恐ろしそうに、翠蘭は肩をすぼめる。

「翠蘭様を妬《ねた》み嫉《そね》み、憎む者は変わらないでしょう。けれどその他の者は違います。変わります。誹謗する者に道理がないとわかれば、道理を通す者の味方になってくれる可能性があります。そのために、翠蘭様は道理を通すんです」

これこそが大切なことだ。

文杏は翠蘭の表情から理解のほどを確認しながら、ゆっくりと言う。

「道理とはなに？　どうやって通せと」

碧《あお》い瞳《ひとみ》を翠蘭にすえ、麗考が静かに言う。その碧は、見つめられた者が目をそらすのを許さない、澄んだ美しさがある。

「もし君が『孤女夜話』『壁事録』『殿中監事跡考』を根拠に、向家は懐帝の崩御に関わりなしと断言すれば、それは君を誹謗《ひぼう》する者と同じことをしただけになる。それでは駄目だ。君は、道理を通す。『夏候氏磊書』があり、『孤女夜話』『壁事録』『殿中監事跡考』がある。相反する二つの事実が書かれているので、懐帝崩御に向家の関わりがあるかなきかは、藪《やぶ》の中。過去の事実は誰にも分かりはしない、と主張するんだ。一つの根拠で喚《わめ》き散らす者と、全ての根拠をもって、冷静に判断しようとする者と。間抜けに見えるのはどちらか。誰しも、間抜けを好まない、自然と眉《まゆ》をひそめる」

「けれどそんなこと、わたくしにはできない。できるならば、とっくにしている。あの方々に、口答えして、止めて下さいと言っても」

気の優しい翠蘭には、難しいと文杏も知っている。彼女自身も言うように、そもそも彼女がもっと強い女であれば、誹謗など鼻で笑って跳ね返したはず。

それができないから、彼女は追い詰められている。それができないからこそ、相手は面白がって、かさにかかって責め立てる。おそらく彼女が無残に潰《つぶ》れるまで手を緩めない。

「翠蘭様が言い返せなかったのは、根拠がなかったからです。翠蘭様は道理を知っているから、闇雲に根拠もなく反論ができなかった。けれど根拠があるんです。正しい論があるんです。正しい論は崩されません。せいぜい、感情的に相手が喚くだけです。翠蘭様は喚く必要がない。逆に喚いてはいけない。静かに語れる場所で、静かに語れる相手に淡々と語り、正しい論を少しずつ広げるんです。真っ向から喚きあう必要はありません」

握った手に、さらに力をこめた。

「そういった戦い方なら、柳老師が五年も教えて下さったでしょう？　柳老師のように、静かに話せばいいんです。最初は侍女に。次に女官に。次は妃嬪《ひひん》の誰かに。少しずつ」

「怖いわ」

翠蘭の瞳に、涙が盛りあがる。文杏は微笑んで見せた。

「麗考が探してくれた本の、写本を作ってもらって下さい。それを持ち帰れば、とても心強いはずです。麗考も言いました。それは武器です。武器の強さを信じて下さい」

「戦う？　わたくしが、戦うの？」

「そうです。それで戦って下さい。翠蘭様は逃げられない。戦うしかないんですから」

「文杏」

「はい」

「怖い」

再び、震え声で言う。彼女の心の中は、それればかりなのだろう。

「知っています」

翠蘭の目から涙がこぼれた。文杏は無礼と知りながら、彼女の頬に手を添えた。

「五年も柳老師に学ばれた翠蘭様なら、できます」

頰に添えられた手に両掌《りょうて》を重ね、温《ぬく》もりをむさぼるように翠蘭は目を閉じた。

「できる？　わたくしに」

「できます」

翠蘭は戦うしかない。それは本人も、よくわかっているのだ。

麗考が立ちあがり背を向ける。

「抄本房に、かけあって来る。必要な箇所の抜粋でかまわないので、急ぎ写本を作ってもらえるか。白雨をつかまえ、彼を通して願えば、抄本房も嫌な顔はしないはずだよ」

麗考が堂屋を出て行くと、翠蘭は文杏にしがみつき声をあげて泣いた。子どものように。

怖いのだろう。今も怖くて、怖くて、どうしようもないのだ。けれど彼女は、戦わなければならないとわかっているから、泣く。戦う覚悟を決めるのが怖くて、泣く。

（戦って、翠蘭様）

これはきっと、柳老師の願いでもあるはず。


一部の抜粋ではあったが、写本が急ぎ作られた。

写本には仙文閣の印が捺《お》され、仙文閣が所蔵する本の写本である証《あかし》になる。料紙を用いた三冊の薄い葉子本に纏《まと》められ、写本は、日暮れ前に完成した。翠蘭はそれを麗考から手渡され、深い謝意と謝罪の意を込めて礼をとった。

文杏と麗考は、翠蘭一行が門を出るまで見送った。門を潜る前に、翠蘭は改めて二人に向き合った。

「感謝します、麗考、文杏」

「僕は、仰せつかった仕事をしただけです」

そっけない返事をした麗考だったが、言葉遣いが少し丁寧に戻っていた。

「しかも礼を言うならば、僕よりも文杏の方に言うべきです。この子がいなければ、僕はあなたを、即刻叩《たた》き出していただろうから」

「愚かなことを考えたと、己を恥ずかしく思います。本当に、文杏がいてくれて良かった。戦ってみるわ、文杏。わたくしも、あなたと同じ、柳老師に教えを受けた者だから」

泣きはらした目で翠蘭は微笑むが、そこに翳《かげ》りはなかった。まだ少し怖そうではあったが、逃げまいとする決意を感じる。

背後に控える侍女は、薄い布に包まれた写本を恭しく両手で持っていた。

「翠蘭様ならば戦えます。その武器は形がない。だからこそ、損なわれることのない武器です」

「ありがとう、文杏。なにかお礼をしたいわね、あなたに。わたくしのできる範囲でなら、なんでもしてさしあげる」

「別に……」礼などいらないと言いかけて、思い直す。

「たくさん料紙と墨が欲しいです。毎夜、手習いをしているんですけれど、料紙や墨がすぐに足りなくなって」

「そんなもので良いなら、明日にでも。山のように届けさせるわ」

「荷車は、仙文閣への道を通れませんよ?」

軽口に、翠蘭はくすくすすっと声を出して笑う。

「まあ、欲張りだこと」

翠蘭は今一度、麗考と文杏に丁寧な礼をとると門を出た。一行が門を出て石の階段を下りて姿が見えなくなるまで、見送った。

(翠蘭様は、戦える)

子どもの頃の翠蘭は、おっとりしてさして物覚えは良くなかったが、魯鈍《ろどん》ではなかった。柳老師に五年間教えられたことは根づいているだろうから、それが彼女の芯《しん》になってくれているはず。芯があれば、人は折れない。

「麗考、ありがとう。翠蘭様に必要な本を見つけてくれて。どうやってあんなに素早く、必要な本や記述を見つけられたの? わたしは、同年代に書かれた本をごっそり持ち出して来るしかないと思っていた。それを翠蘭様と一緒に、せっせと調べようかなって」

「『仙文閣全書総目提要』があるから、誰にでもできることだ。抜けがあって精度が落ちるとしても、使えないわけではないよ。彼女に必要な本は、『仙文閣全書総目提要』

に記載がある年代の本だったのが幸いした。目録に記された篇目《へんもく》と叙録を確認して、役に立ちそうな本を選んで、必要な篇目をざっと読む。通読も精読もしないから、見落としは多いだろうけれど。『夏候氏磊書』の記述を疑問視する根拠となる本が二、三冊見つかれば、充分だと思っていた」

「そうか。目録」

本の海図があるから、麗考は迷わずに必要な本を探せたのだ。

膨大な本を所蔵する場所では、目録が大きな役割を果たす。誰かに必要なことが書かれた本があったとしても、海図に示されていなければ、その本を誰も探し出せない。

「白雨は、僕が不自由だという」

翠蘭一行の姿が消えた門の向こうを見つめながら、麗考が口を開く。

「確かにそうだ。本に取り憑《つ》き、取り憑かれ。僕の世界には広がりがない。向貴妃に必要な本があると、考えもしなかった。けれど君は彼女の行為の理由を問い、必要な本を見つけようとした。どうしてそんなことを、しようと思ったんだ。君は向貴妃に騙《だま》されかけたのに」

「柳老師が、いつも言っていたから。物事に寄り添えって。目の前の事象をわからないと拒絶するのではなく、どうしてなのかと考えろと。それが最も必要なのは、人と向き合うときだって。なぜと思ったら、その人に寄り添え。そうすることで、全てのことに解が見つかるって」

食欲を刺激する、甘酢の香りが漂ってきた。仕事を終えた連中が厨房《ちゅうぼう》の方へ、ぞろぞろ向かっている。夕餉《ゆうげ》が準備できた頃合いだ。

翠蘭の笑顔を見てほっとしたぶん、いつになく空腹を感じ、心も軽かった。冷たく暗いばかりだった胸の内側に、ぼんやりと仄明《ほの》るいものが灯《とも》っていた。

「夕餉、もらってくる。麗考は室《へや》に帰っていいよ。麗考のぶんも、もらって帰るから」

早く夕餉をもらいに行くと、時々、甘い揚げ菓子がつくことがある。出遅れると、なくなってしまう。文杏は小走りに厨房へ向かった。

✻

室に帰った麗考は、窓辺に寄り、東の空から藍色《あいいろ》の夜が滲《にじ》むように広がるのを眺める。冷たい風が吹くので窓を閉じようとして支え棒に手を伸ばし、ふと、窓の下にある棚が目に入る。

何日か前に文杏が勝手に室を掃除して、麗考は腹を立てたのだが。彼女はしおらしく、棚に重ねた料紙の中から、麗考と一緒に必要な資料を掘りだした。

麗考が書いた資料は棚に山積みされているのだが、それぞれの山の下に、細長い紙がはみ出ていた。薄闇の中目をこらすと、文字が書かれている。『経部』『子部』『史部』『集部』『目録の方法論』『実務』『規則』『未分類』……。山のそれぞれにつけられたものは、分類と呼ぶにはあまりにも大雑把で、規則性など皆無だった。

しかしそれは、麗考が必要としている資料を探すときに漠然と自分の中で分類しているそれと、ほぼ同じ。

「これは……」

文杏が、麗考の頭の中を覗《のぞ》いたわけではない。

（いや、覗かれていたんだ）

資料がわからなくなったと麗考が怒ったとき、文杏は気味が悪いほど素直に手伝うと申し出て、彼と一緒に資料を探した。何度かそれを繰り返した。その時に彼女は麗考に、「これはどういった資料？」「よく使うの？」と、頻繁に質問していた。そうやって一緒に資料を探せば、必然的にどんな資料があるのかを知れるし、大雑把な分類も知れる。

文杏は麗考の漠然とした分類を知り、資料を探すのと同時に、仕分けしていたのだろう。

しかも――それを誇示もせず。

（文杏は子どもだ。だが、考える子どもだ）

能力をひけらかす者は、ひけらかすことで己がどれほど間抜けに見えるかを知る知性がない。いくら知識があり、理解力があり、数術などの能力が優れていても、真に知性ある者とは言い難い。それを文杏が、明確に意識しているとは思えない。ただ自然と能力を発揮し、それを自然とする。

（向貴妃のことにしても、文杏は彼女に寄り添った。それで必要な本を察した。僕はそもそも、そんな視点を持ち合わせていない）

人や物に寄り添うのは、柳老師の教えだと言っていた。

（柳睿という人物はそんなふうに、文杏を考える子どもに育てた）

どれほどの人物だったのだろうか。その人が書いた本を、文杏が抱えている。彼女の話によると、『幸民論』という本は、柳睿が地域の民に講義していたことを、わかりやすくまとめた物だという。

（読みたい。柳睿の本を）

欲求が膨れあがる。

「揚げ菓子、もらえたよ」

室の扉が開き、甘酢団子と揚げ菓子の皿を二つずつ盆に載せた文杏が、温かで美味《おい》しそうな香りとともに入ってきた。ご満悦の様子で卓子に盆を置く。

「暗いね。晶灯、つけないの？」

機嫌よさそうに、箸《はし》を収めている箱を卓子に持ってくる文杏に、思わず訊《き》く。

「懐に、柳睿の本を持っているかい」

「もちろん、持ってるけど」

「読みたい」

告げられた言葉に、文杏ははっとしたように懐を押さえた。瞳《ひとみ》に戸惑いがあった。麗考の要求が嬉《うれ》しそうでもあったが、同時に強い不安を覚えているのだろう。

しばらく沈黙した文杏だったが、結局首を横に振る。

「嫌だ。本を取られたくない」

「読むだけだよ。取り上げるつもりはない」

「でも、嫌」

文杏の防御が堅すぎることに、麗考は肩を落とす。

五章　知らぬ間の慈雨

一

夕餉が終わると、文杏は晶灯を二つもって厨房へ向かう。そこに火種が準備されており、蠟燭《ろうそく》に火を移せるからだ。

仙文閣の中で晶灯に火を移せる場所は、厨房と、書庫の中心に置かれた火種だけ。ただし書庫の火種はごく小さく、鉄の箱に入れられ典書が管理しているので、仙文閣の扉が開いている間しか置かれない。

室に戻ると、一つを麗考が使うために几案《つくえ》に置く。

もう一つを窓の桟へ置き、文杏は自分の牀《しょう》の寝具を端に寄せ、できた空間に料紙や硯《すずり》を出す。床に座り、牀を几案代わりにして手習いをするのだ。

麗考は、自分のために灯された晶灯を見て、呟《つぶや》く。

「随分明るい」

そりゃそうだろうと、文杏は思う。

晶灯は一晩使うだけでも、水晶の筒の内側にかなりの煤《すす》が付着する。放っておけば煤は溜《た》まり、灯《あか》りは薄暗くなる一方。彼は室の整頓《せいとん》同様に無精らしく、真っ黒な煤がついた晶灯を使っていたのだ。気がついた文杏は、火を灯す前に必ず煤を拭《ふ》き取るようにしていた。

墨をすり、料紙に文字を書き始めた。蠟燭が半分になるほどまで休みなく文字を綴《つづ》ったが、さすがに肩が凝って大きく伸びをする。いつの間にか寝楼房は夜中の静けさになっていた。そろそろ寝ようと思い、片付けをした。

腰を伸ばすために、木屛風《びょうぶ》の陰から出る。

麗考は几案に向かっていたが、手に筆が握られていない。物思いにふけるように、ぼんやり晶灯を見つめていた。珍しいことがあるものだった。いつもの彼なら、文杏以上に熱心に筆を使っているのに。

「どうかした？　麗考」

正気づいたらしく、彼はふり返った。しばらくの沈黙のあと答える。

「柳睿という人物のことを考えていた。どんな人間だったのか」

予想外の言葉に面食らう。

「柳老師？　なんでそんなこと考えてるの。麗考とは関わりのない人なのに」

「興味が湧いた。君を教育した人が、どんな人物だったのか知りたい。だから、その本が読みたいんだ」

「夕餉の前にも言ったけど、嫌だ」

本を入れた胸元を押さえた。麗考は溜息《ためいき》をつく。なんでそんなに頑《かたく》ななんだろう、君は」

「僕が読んでも、減るものじゃないだろう。なんでそんなに頑なななんだろう、君は」


「取られたら困る」

「取る気ならとっくに、君を縛り上げて取りあげてるよ。読まれてこそ、本には価値がある。だからこそ君は、その本が永久に残ることにこだわるんだろう」

きょとんとしてしまった。

確かに柳老師の本を永久に残したい。絶対に失いたくない。けれどそれは、誰かに読んで欲しいという思いと、結びついていなかった。本は、読まれなければ存在価値がないはずなのに。

(読んでもらうべき?)

読んで欲しい気もする。柳老師の言葉を、麗考がどう受けとめるのか聞いてみたい。

しかしまだ、文杏は不安を拭《ぬぐ》いきれていない。仙文閣や麗考が本を守り大切にしていることは間違いないが、彼らは柳老師の本について、永久に残る保証はないと断言したのだから。

「仙文閣の秘密を教えてくれたら、本を納める。それから読んで欲しい」

「何度も言うが、秘密はないよ」

「じゃあなんで、柳老師の本は永久に残る保証がないと言ったの」

その一言で、麗考の目が冷ややかになる。

「明敏なのに。君はその本のこととなると、途端に蟒蛇《うわばみ》になる」

「蟒蛇でも海蛇でも、いいよ。とにかくわたしは、この本を守りたい。読んでもらえるとか、もらえないとか、その前に。この本が失われないようにしたい。柳老師の言葉が消えないように、ずっと残るように。そのためなら何でもするし、いくらでも用心深くするよ。この本が永久に守られるって保証してくれるなら、自分なんてどうなってもいいもの」

気が緩んでいたのか、つい本音がこぼれた。

自棄《やけ》になっているように聞こえるのが嫌で、その言葉を使わないようにしていた。けれどその思いは、ずっと文杳の中にあるのだ。

本を守れるなら、どうなってもいい。

自棄で言っているわけではない。

本当に、本を守る役目を終えた自分に、自分自身興味がもてない。目ばかりぎらぎらさせて、成功の可能性が低い高芳への復讐《ふくしゅう》を胸に、うろつきながら、途方に暮れる自分しか想像できず。先は頼りなく薄暗くて。どうしようかと考えることすらも、億劫《おっくう》で。

麗考の目が険しくなる。

「そんなことを口にするな」

「……ごめん」

捨て鉢になっているように聞こえたら、不快だったろう。

文杏自身も、こんな思いにとらわれたくない。柳老師といた頃のような気持ちでいたい。明日が楽しみで、未来にわくわくして、あれをしたいこれをしたいと、考えを巡らせたい。

けれど「どうでもいい」という薄らとした灰色の靄《もや》が胸の中を覆いつくして、満たして、どうしようもない。この靄をどうにかしたい。けれどその「どうにかしたい」という思いすらも、「どうでもいい」という靄が包み込む。どれほど自分を励ます言葉も、靄に覆われていく。無限に包まれる。逃げ場がない。

莫迦《ばか》みたいだ。

「笑うな！」

鋭く言われて、はっとした。自分が苦笑していたことに、気がつかなかった。

麗考は立ちあがって、文杏を睨《にら》みつけている。張り倒したいのを堪《こら》えるように、拳《こぶし》を握って。

「そんなふうに笑うな。君は何度も、そんなふうに笑う。君は今、ごめんと謝ったが、口先だけだ。自分の思考を改める気はない。自分は、どうなってもいい？　今生きているのに、なんて愚かしいことを口にするんだ。僕は、君のような者が大嫌いだ。君の顔を見ているのも嫌だ。出て行け」

戸口を指さし、麗考は怒鳴った。

「出て行け！」

見えない虎の尾を踏んだ。それを悟った。

（でも、どうすればいいんだろう）

途方に暮れた。つい本音がこぼれたものは、今更なかったことにはできない。

文杏が囚《とら》われている灰色の靄が麗考を不愉快にさせるなら、自分の意志でそれをふり払うことができない彼女には、なすすべがない。ごめんなさいと、再びの謝罪をするのも不快だろう。靄を晴らせないのだから、また口先だけになる。さらに怒らせる。

「はい」

頷《うなず》いて、文杏は室《へや》を出た。そうするしかなかった。

真夜中を過ぎていたので、廊廡《ろうぶ》も階段も暗かった。手探りするようにして寝楼房を出ると、下弦の月が、仙文閣の反り返った円形の甍《いらか》の端にかかっていた。光は哀しいほど弱々しく、手をめいっぱい伸ばすと、指先が闇に溶ける。

惨めな気分で歩く。とりあえず今夜、夜露に濡《ぬ》れない軒下を探して眠らなければならない。

あれほど怒らせた麗考の室には、戻れないだろう。きっと明日からも、戻れない。彼が「文杏の面倒を見るのはごめんだ」と言えば、文杏には新しい管理者がつくのだろうか。それとも未《いま》だに本を渡さないことに業を煮やされ、放り出されるか。

息苦しくて、窒息しそうなのに、もがいても手足が虚《むな》しく宙を掻《か》くだけ。自分自身にしか自分を救えないと知っていても、自分を救おうとする気力すら萎《な》えさせる、灰色の靄が消えない。

本を守りたい一念で常に抑えこんでいるそれが、ふと気が緩むと「どうでもいい」などという言葉になる。夢に現れる。ぼんやりしていると、胸をじわじわ浸食する。だから手習いと称して文字を書き続け、隙を作らないようにもしていたのに。よりによって麗考の前で、思いがこぼれてしまった。

(柳老師)

懐に手を当てる。

今はまだ、いい。懐に守るべきものがあるから、文杏の一部はまだ靄の外にいる。安心して本を手放すことができたあとが、とても怖い。きっと、すっぽりと靄に飲まれるのだ。

それで良いじゃないかと笑う自分と、怖いという自分。二つが心の中で拮抗《きっこう》する。

疲労を覚えたとき、仙文閣の石段が目に入った。そこをのぼって、出入り口の脇に座る。黒漆喰《しっくい》で塗られた外壁に背をつけると、ひんやりした。張り出した軒のおかげで夜露はしのげそうだったので、目を閉じる。

「麗考に、悪いことをした……」

彼は嫌な顔をしながらも室に留めてくれたし、翠蘭のことにも力を尽くしてくれた。その彼に不愉快な思いをさせてしまった。本を読みたいと言ってくれたのに、応《こた》えるには怯《おび》えが強すぎた。自分が、たくさん間違っている気はする。

(柳老師の本を守るために、間違いは正さないと。どこから、どうやって正せばいいんだろう)

良くわからなかった。

いつのまにか、うとうとしていた。

外壁に体重を預けてもたれかかっていると、石壁を通して微《かす》かな声が聞こえる気がした。石の壁そのものが密《ひそ》やかに鳴って声になったような、あるかなきかの音。

詩を吟ずる、落ち着いた男の声だ。

一人　仙文閣の足元で眠る
寂として　夜は長く
白くして　月は澄む
揺れるのはただ　晶灯の灯り

もの寂しいような、それでいて孤独を楽しむような声。

仙文閣は人目のない真夜中、密かに詩を吟ずるのだろうか。夢うつつにそんなことを感じていた。

何か、大きなものが胸元を這《は》う感触がした。はっとし、咄嗟《とっさ》に背を丸めて膝《ひざ》を抱えた。悲鳴をあげる。誰かの手が肩にかかって、文杏の丸まった膝を無理矢理引き剝《は》がそうとする。ますます文杏は固く丸まり、声をあげた。

「助けて！」

声をあげた途端、脇腹を蹴《け》られた。後ろ首を押さえつけられ、こじ開けるように肩を強い力で押される。首元から胸の方へ、相手は手をねじ込もうとする。目的は明らかだ。

（本を狙ってる）

懐にあると知っていて、それを取りあげようとしている。

「誰か……っ！」

再び声をあげようとすると、今度は二度連続して脇腹を蹴られた。息が詰まり、歯を食いしばる。それでも渡してなるものかと、自分の体を抱え込む。

「文杏！」

四度目の爪先が脇腹に入ったとき、麗考の声がした。

襲撃者がぱっと離れた気配を感じる。顔を歪《ゆが》めながら視線をあげると、晶灯の灯《あか》りが近づいてくるのが見えた。光は石段をのぼってきた。晶灯を手にした麗考が、倒れて丸まった文杏を見つけ、駆け寄ってくる。

「文杏。どうした」

晶灯を石の上に置き、文杏の肩に手をかけた。

「蹴られた。誰かに……。本を取られそうになった」

周囲を見回すと、麗考は首を横に振る。

「誰もいない。逃げたのか」

　麗考がどうして来てくれたのかわからなかったが、助かったのには違いない。あのまま蹴り続けられていたら、きっと意識を失っていた。その隙に本は取られていただろう。

「痛い」

　思わず口をついて出た。息をする度に、脇腹がじくりと痛む。

「起きられるか」と訊《き》かれたので、なんとか座ってみたが、立ちあがるのは時間がかかりそうだった。攻撃から身を守るために、全身を硬直させていたらしい。その硬直がとけない。恐怖心が、まだ駄目だと言い張って体を解放していないのだ。

「誰かはわからないが、そいつがまた戻ってきたら面倒だ。室に帰ろう。おぶさって」

　麗考がしゃがんで、文杏に背を向ける。

「それじゃ、子どもみたいだよ」

「君は子どもだ」

　軽く抵抗したが、当分動けそうになかった。仕方なく彼の背に覆い被《かぶ》さった。細身の麗考だったが、やはり大人の男性。背中は広く、安定感があった。

「ありがとう。どうして来てくれたのか、わからないけど。あんなに怒らせたのに」

　歩き出した彼の背中で、脇腹の痛みを堪えながら言うべきことだけ言う。晶灯は、文杏が持っていた。麗考の胸の前で、晶灯の火が一歩ごとに揺れた。ゆっくり歩きながら彼は黙っていたが、しばらくすると言葉を整理し終えたかのように、口を開く。

「怒った僕が、悪い。それは最初からわかっていたから、すぐに自省して君を探した」

「悪くないよ。麗考は不愉快にさせられて、怒ったんだから」

「不愉快だったわけじゃない。そうではなくて……僕は、あんなふうに言われたとき、どう答えればいいのかわからない。君が口にしたことは、莫迦《ばか》なことだ。それにどう対処していいかわからないから、怒るしかなくなった。対処ができないことに困って、それを怒りにすり替えた。僕が悪い」

戸惑うような声を、初めて聞いた。麗考はいつも全てに対して明瞭《めいりょう》に理解をしていて、判断している。その彼がこんなふうに迷うように喋《しゃべ》るとは、意外だった。

「君が抱く気持ちは、莫迦なことだけれど、悪いことではない。自然なことかもしれない。それがとても大きな傷から生まれると僕は知っているから、簡単に慰めも修復もできないとわかってる。だからこそどう対処していいのか、わからない」

薄暗い下弦の月の下で、麗考は碧《あお》い瞳《ひとみ》を足元に落として告げた。

「僕は、碧族だ。知っているかい？　そんな人たちがいたことを」

二

「ごめんなさい。知らない。わたしは、知らないことが多い」

「知っている者の方が少ないから、知らなくて当然だよ。北陽州の最北に住んでいた少数部族で、しかも十八年も前に滅びている。滅びたのは僕が七つの時」

「滅びた？」

おぞましい言葉に目を見開き、思わず確認するように繰り返す。

「そう」

返事は短く平坦《へいたん》だった。

「なんで？」

長い沈黙が落ちた。しばらくして、麗考はまた口を開く。

「滅びたんだ。その時から六年間、僕は声が出なかった。呻《うめ》き声すら。大きなものを失って、傷を負ったから。声が出せるようになるまで六年かかって、普通に喋れるようになったのは、その二年後。あの時の自分が目の前にいても、僕はなにを言えばいいかわからない。あの頃の自分には、なにを言っても無駄だと思う」

(声を？)

どれほどの衝撃を受ければ、そんなことになるのだろうか。七つだった麗考の身に、何が起こったのだろうか。

(何があったの？　麗考)

そう訊きたかった。けれど軽々しく訊いてはならないことなのは、確かだった。麗考がどんな顔をしているのか背中からは見えなかったが、声は至極落ち着いている。

「これは、ただ言い訳だ。君に怒ってしまったことを、弁解してるだけ」

そこから口を噤《つぐ》み、麗考は室《へや》まで文杏を運んだ。

牀《しょう》に下ろされて横になると、脇腹が痛んで顔をしかめた。

麗考は扉のついた小さな棚を探り木箱を取り出すと、それを手にして文杏の牀に腰を下ろす。さらに枕元に晶灯を置き、明るくする。

「蹴られたところを見せてご覧よ。手当ができるかもしれない」

「……え」

気遣わしげな麗考を見上げ、動揺した。毒蝮《どくはみ》と思っていたら特に気にすることもなかったが、こうして見れば彼は整った顔立ちの青年。瞳は美しい、吸いこまれそうな碧。

突然、羞恥心《しゅうちしん》が顔を出す。

「いい、別に。平気」

「折れていたらことだ。見せて」

頑《かたく》なに拒絶するのも、逆に恥ずかしい。麗考を意識しているのだと、本人に知らせるようなものだ。彼が平然としてるということは、自分だけが恥ずかしがるのは自意識過剰なのだろう。

懐に抱えていた、本を入れた革袋を取り出して脇に抱える。それから短襦《たんじゅ》の帯を解き前を開くと、内衣をめくって脇腹をさらす。普段は外気に触れない柔らかな肌が、視線にさらされるのはどうにも居心地が悪い。

「ひどい内出血をしてる。触るよ」

ひやりとした麗考の手が触れ、脇腹を押す。恥ずかしいよりも先に鈍い痛みがきて、顔をしかめた。

「骨は折れてない。打ち身がひどいから、薬草を貼っておく」

箱の中から、小さな壺《つぼ》と布きれを取り出す。壺の中の、辛い匂いがするゆるい粘土状のものを布に塗り広げ、手際よく脇腹に押し当てた。ひやっとした後、熱を持った脇腹に心地よい冷感が広がる。布を固定するために包帯を巻く。「これで様子を見よう」と、箱を手に立ちあがる麗考の袖《そで》を、咄嗟《とっさ》に摑《つか》む。

「麗考、教えて」

文杏は真剣に訊く。救いを求めるように。

「どうやって、声を取り戻したの。どうやったら抜け出せた？」

心を覆う灰色の靄《もや》から、抜け出す方法が知りたかった。

「大切な本があると知らされた。滅びて、存在したことすら、なかったことにされそうになっていた碧族の本だ。その本を守ろうと思った。失われることがないよう」

目を見開いて、麗考を見つめた。

（わたしと、同じ。でも）

戸惑いが大きくなる。

「でも、仙文閣に納められたら、本は守られて永久に残って。後は」

本が仙文閣に納められて守られ、永久に残ると安堵《あんど》した後、どうすればいいのかを訊きたいのだ。麗考は文杏の手を袖から離させると、冷たい掌《てのひら》で額に触れる。

「熱が出るかもしれない。数日は、寝ていた方がいい」

それだけ言うと、箱を手にして木屏風《びょうぶ》の向こうへ行ってしまった。

今は考えるなと、無言のうちに諭された気がした。

ぐったりして、文杏は目を閉じた。確かに少し熱っぽい。脇に抱えていた本を胸の上に抱き直す。気持ちが落ち着いてくると、本を奪われそうになった恐怖が蘇《よみがえ》る。

(誰かが、この本を奪おうとした)

仙文閣の者ではないはず。彼らは無理に本を奪い取って所蔵しようとはしない。無理矢理にでも、取りあげようとするとしたら――。

(本の引き渡しを要求している、秘書省?)

天佑も、秘書省は本を欲しがるだろうと言っていた。秘書省から遣わされた何者かが、襲ってきたのだろうか。仙文閣の中に、侵入者がいるのかもしれない。

油断してはならない。改めて、肝に銘じる。

ひどい打ち身が熱を発し、それが全身に影響した。体の芯《しん》が冷えて歯が鳴るほどに震えが来た後で、高熱に襲われ朦朧《もうろう》とした。ようやく熱が引いたのは三日後。

それからさらに二日ほどして、ようやく起き上がれた。

麗考に養生するようにと厳命されたので、起き上がれるようになっても仕方なく四日間、室で過ごした。その間は、ずっと筆を手にしていた。翠蘭にもらった料紙を、自分でも驚くほどの量を使った。麗考には「手習いもいい加減にしろ」と渋い顔をされたが、たいして疲れないからと、受け流した。

時々、白雨が室に顔を覗《のぞ》かせた。彼は、他愛《たわい》ない話を少しばかりしては去って行く。朗らかな彼の訪問は休憩にはもってこいで、楽しい。話題は常に麗考のことになり、白雨は面白おかしく文杏の知らない麗考の逸話を聞かせてくれる。

「あいつは甘いものが好きだぞ。特に、龍髭糖《りゅうぜんとう》が好きみたいだな。機嫌が悪くなったら、それを買ってきてやれば嬉《うれ》しがるぞ。仙文閣じゃあ、甘いものなんか滅多に食えないからな。まあ、素直に嬉しいとは言わないだろうが」

五日目のその日も、白雨は室にやって来た。彼はうろうろと歩き回りながら、いつもながら、なんでもない話をはじめる。

「お菓子が好きなんですか？　見向きもしなさそうな、印象があるけど」

龍髭糖は、ごく細い糸のように伸ばした飴《あめ》を束にし、繭のような丸めた菓子だ。その中に砕いた茶葉や胡桃《くるみ》が入っている。ぽんと一口で食べられ、口に含むと、あっという間に溶ける。気軽に口に放りこむような駄菓子だ。

「食い物の好みが子どもっぽいんだよな、あいつは」

怜悧《れいり》が袍《ほう》を着て歩いているような麗考が、駄菓子を好むというのは意外だった。その点では、気があうかも知れない。文杏も駄菓子は大好きだ。ただ龍髭糖のような街の子どもに馴染《なじ》み深い駄菓子よりも、黒糖を丸めたものに麦焦がしをまぶす、李婆さんが作る類《たぐ》いの田舎くさい駄菓子の方が身近だったのだが。

（麗考は街育ちなのかな？　でも、碧族は北陽州の端に住んでたと言ってた。麗考が七歳の時に滅びて。麗考は六年も声が……。何があったんだろう）

ふと物思いに沈むと、白雨が気遣わしげな顔をする。

「どうした。怪我が痛むか」

「あ、いいえ。白雨さん、麗考の子どもの頃の話、聞いたことがありますか？　あの人は街育ちなんですか？」

「北陽州の州都で育ったと言ってたな。あいつの養い親は、北陽州の州刺史だったらしいぞ」

「州刺史の身内なんですか」

「そうではないと言ってたが。助けられたんだとか、なんとか。詳しくは聞いたことがないな、そういえば」

白雨が、麗考の子どもの頃のことを詳しく聞いた様子はない。友にすら打ちあけたことのない話を、麗考は文杏に語ってくれたのかも知れない。

それは誠意だったのだろう、彼なりの。

「空模様が怪しいな。雨が降るかも知れない。春に、珍しい」

窓の外を、白雨は見上げて目を細める。

「雨が降ったら、典書の一部と抄本匠は休みだ。麗考が夕方前に、帰ってくるかな」

「雨が降ったら休み？　なぜですか」

「本が雨に濡《ぬ》れたらことだから、仙文閣から一切の本の持ち出しができなくなるんだ。抄本匠は、房に本を持ち込む仕事が大半だからな。本を持ち出せなきゃ休みだ。典書は仙文閣の中での仕事はできるが、本を持ち出して仕事はできない。麗考の仕事は、目録を持ち出さなけりゃ始まらない仕事だからな」

そのうち雨が降り出した。温い春の雨。

麗考が帰ってくるまで待つかと言って、白雨はしばらく居座っていた。しかし帰ってくる気配がないので待つのに飽きて、出て行った。

寝楼房には、普段の昼間に比べて物音や話し声が多い。抄本匠や一部の典書が仕事を終えて、室に戻ってきているらしい。それなのに麗考は戻ってこない。

廊廡《ろうぶ》に出て、蕭条《しょうじょう》と雨の降る空を見た。薄い雨雲が流れている。長くは続かない雨だろう。

欄干が濡れ、水虎の彫刻は心なしか気持ちよさそうな表情に見えた。視界を遮る仙文閣の黒い外壁も、甍《いらか》も、雨に濡れていつも以上に黒々としている。

乾いた土に染みこむ雨の匂いが、常に漂う送士香の香りを消していた。

なぜ麗考は帰って来ないのだろうと気になって、仙文閣へ向かう。彼がいるとしたら、閲房か仙文閣以外は考えられなかった。色々なところへ顔を出し、油を売るような人ではない。

仙文閣の中は閑散とし、より一層静かだった。書庫のなかで揺れ動く晶灯の数が少なく、天井から漏れる陽の光もごく弱いので、薄暗い。

本の持ち出しを管理する典書の手元には、昼間にもかかわらず晶灯が揺れている。

「徐麗考は、書庫にいますか?」

几案《つくえ》に座る女性の典書に問うと、彼女は顔をあげて微笑する。「待ってね」と言って、重ねられた記録簿から一冊抜き取り、めくりはじめた。それは典書一人につき一冊ずつある記録簿で、個々の典書がいつ、どの本を出し入れしたか記録してあるらしい。

仙文閣の中央に座っている三人の典書のうち、文杏はいつも、質問があれば彼女にすることにしていた。春燕《しゅんえん》といううらしい彼女は、笑顔が明るくて好ましい。

「中に入ってるわね。本を戻しに来たみたい」

徐麗考の記録簿には、彼が出し入れした本の名と日付が並んでいる。今日の日付には、返却『碧書《へきしょ》』と書かれていたのが目にとまる。書名からすると、目録の類いではない。

「『碧書』?」

声に出して読むと、春燕が改めて記録簿を覗きこむ。

「史書ね、たぶん」

『碧』の文字に、心がざわつく。紙面に並ぶ文字を目で追うと、『仙文閣全書総目提要』の他に、『碧書』『碧詩選《へきしせん》』『芸文碧類聚《げいぶんへきるいじゅう》』等が、頻繁に記載されている。用途は、『写本作成』『修復』がほとんど。

（全部、碧の文字。碧族の本？）

難しい顔をしている文杏を、春燕が覗きこむ。

「どうしたの？」

「あ、いいえ。なんでもないです。これらの本はどの書庫に入ってますか？　読みたいんです」

碧族の存在すら知らなかった自分が、申し訳ない。知らないことは学ぶべきだった。

春燕は『碧』の文字がついた書名を指でなぞり、首を横に振る。

「これらの本は、稀書《きしょ》だわ。周閣少監の許可がないと、閲覧も持ち出しもできない」

「書庫にあっても駄目なんですか？　閲覧も？」

「稀書は、書庫にあっても、典書以外には見つけられない本だもの」

「……え？」

春燕は、にこにこしている。

「どういう意味ですか？」

「そういう稀書が、仙文閣にはたくさんあるのよ」

洞穴の奥にいるように、静かな雨音が四方を貫く通路から響く。

「雨だから本を持ち出すことはできないけれど、書庫の中でなら読めるわ。晶灯を持って、好きな本を読めばいいわ。あまり長時間は感心しないけどね」

「ありがとうございます」

礼をとって、晶灯を借り受けて書庫に入る。

建物の形に添って湾曲した書架が並ぶ書庫に足を踏み入れると、年輪の隙間を潜り、深く本の世界へ潜るような感覚を覚える。文杏は秋庫へと入り、どんどん奥へ向かう。

書架には紙が貼られ、分類が書かれている。

書庫の中には、文杏以外の晶灯の灯《あか》りがない。麗考はいないのかと思いながら、それでもゆっくりと書架を眺めながら歩く。

秋庫は、分類で言えば史部の書庫。史書や目録類が収められている。史書の書架を眺めると、春朝の史書が多い。秘書省が編纂《へんさん》した史書から、官吏の日記、州刺史や県令の行政記録、城謗《じょうぼう》の記したらしい事件簿らしきものと、多種多様。

『北陽州記《ほくようしゅうき》』

橙色《だいだいいろ》の晶灯の灯りの輪に、その文字が飛びこんできた。麗考が北陽州の出身なのを思い出し、足を止める。

比較的新しい本で、料紙に書かれた線装の葉子本。著者は徐国良《じょこくりょう》とあった。

(徐姓だ。麗考と同じ)

晶灯を床に置くと、本を手に取り座りこむ。

徐国良は先の北陽州刺史らしいと、読み始めてすぐにわかる。記述してある年代から察するに、この徐国良という州刺史が麗考の養い親のはずだった。

淡々と、北陽州での政の進め方や、慶事や事件などが書かれている。

その中に、「碧滅《へきめつ》」という題がつけられた箇所があった。血の気が引くような不吉なものを感じた。

三

碧滅の項目が書かれたのは、年号を確認すると、ちょうど十八年前。

読むのが恐ろしいような不安を覚えながらも、文字を辿《たど》る。

それは北陽州で起こった凄惨《せいさん》な事件の記録だった。

商売がうまく富貴の者が多い碧族を妬《ねた》み、三つの郷《ごう》の者が共謀し、真夜中に碧族の里《り》を襲撃し住民を虐殺したと書かれている。

事件の翌朝、県令から知らせを受けた州刺史の徐国良本人が州士を連れて駆けつけたが、碧族は赤児《あかご》に至るまで皆殺しにされていた。目を覆うような惨状であった。ただ一人、牀《しょう》の下に隠れていた少年が生きており、州士はこれを保護した。

淡々と、そのようなことが記されていた。事実だけを綴《つづ》ろうとする努力が窺《うかが》える文章だが、「碧族を妬み」「目を覆うような」と、襲撃者への嫌悪が滲《にじ》んでいた。

無残な事実に息苦しくなる。

麗考は淡々と滅びたと口にしたが――こんなことが起こったのか、と。怒りとやるせなさが湧きあがる。

「この子が」

ここに書かれている少年が、麗考だ。

少年の文字に触れる。何千と文字が並ぶ中で、たった二文字。そのたった二文字の中に、麗考がいた。それがひどく頼りなくて、哀れを覚える。

生き残った彼は、壮絶なものを見た。六年も声を失うほど。彼が目にしたものと、突き落とされた闇を思うと悔しくて、こみあげてくるものがある。生き残ったとしても、どれほど苦しんだか。

文杏の絶望以上に、絶望したはず。六年という月日がそれを物語る。

（生き残っても暗闇の中にいるようで、きっと……死にたくなった）

しかし麗考は闇から抜け出した。

『大切な本があると知らされた。滅びて、存在したことすら、なかったことにされそうになっていた碧族の本だ。その本を守ろうと思った。失われることがないように』

麗考はそう言っていた。大切な本とは、彼が今も頻繁に出し入れしている、碧族に関わる本に違いない。滅びた彼らが残したものを守るために、彼は文杏と同じように仙文閣を目指したに違いない。

なぜ彼は典書にまでなったのか？　そして典書となった――。

本を納めて、それだけでは安心できなかったのか。安心できないとしたら、なぜか。

麗考も天佑も、文杏に言った。仙文閣の鉄則があり蔵書は仙文閣が存在する限り守られると。しかし守られたとしても、永久に残ると保証はできないと。

麗考も同じように、閣監から言われたのだろうか？

だとしたら、なぜ仙文閣に大切な本を納めたのか。文杏のように、それを不安に思わなかったのか。不安だから典書になって、本の側で守ろうとしたのか。

（でも、それだったら、仙文閣に納める意味はない）

自分で守る覚悟なら、わざわざ仙文閣に納める必要はない。

（仙文閣に本を納めたということは、麗考は仙文閣を信頼したということ）

仙文閣に納めて安心したのなら、典書にまでなる必要はない。

（それがなぜ、典書に）

何かが、わかりそうだった。

今まで文杏を不安にしていた、天佑や麗考の言葉の意味が、もう少しで理解できそうな気がする。

（麗考が信頼したなら、きっと仙文閣の蔵書は個人で抱えているよりも、ずっと安全に永く守られるってこと。きっとそうに違いない。碧族の本は永久に守られる。それがわかっているのに、麗考は典書になった。本のそばに居たいなんて、感傷的な人にも思えないのに。ということは……仙文閣がこの世で最も安全な書庫で、そこで本が守られていても、それだけでは駄目なんだということで……）

その瞬間。

目の前で、何かが弾《はじ》けたような気がした。

「あ……」

力が抜け、本を支えていた両手がぱたりと膝《ひざ》に落ちる。

不意に悟った。

全てが理解できた。

「わたしは……莫迦《ばか》だ」

仙文閣に納められた本は、仙文閣が存続する限りは永久に守られ、残る。だから、本を納めることさえできれば当然、本は永久に守られ残る。

そんなふうに単純に考えていた文杏は、莫迦だったのだ。

麗考は文杏に教えてくれた。

『目録がなければ、本は混沌《こんとん》として収拾がつかなくなる』

と。

実際彼は翠蘭に必要な本を探すとき、目録を利用して適切な本を見つけ出した。その時、文杏も感じていた。膨大な本を所蔵する場所では、目録が大きな役割を果たす、と。

誰かに必要な本があったとしても、目録という海図に示されていなければ、その本を誰も探し出せない、と。

死蔵という言葉が浮かんでくる。

本は、蔵書の方法や分類いかんによっては、たとえ仙文閣の蔵書となっても、誰も探し得ないものになってしまう。そうなれば所蔵されていたとしても、存在しないものと同じ。

書庫の片隅に埃《ほこり》を被《かぶ》っているだけの、石ころと変わりないものになる。

もし柳老師の本が仙文閣に所蔵され、ずっと守られたとしても、石ころになる可能性がある。本の言葉は誰にも届かず、ただ暗闇に眠るだけ。それは本が消えるのと変わりない。

蔵書として守られていても、残っているとは言い難い。

それは柳老師の本に限らず、全ての本に言えることだ。

だから麗考は典書になった。大切な本を石ころにしないために、本の海図を作ろうとしている。

麗考の言葉を思い出すと、文杏は自分の勘違いをはっきり認識できた。

『その本が仙文閣の所蔵になったからといって、永久に残るわけではない』

と、彼は最初に言っていた。

冷静になれば理解できるが、それは柳老師の本に限って言ったのではない。

蔵書に関する一般論を、彼は口にしたのだ。

それなのに文杏は興奮していて、冷静でなかったから、柳老師の本に限ってのことだと思い込んだ。麗考も天佑も、その勘違いを正そうとしなかった。麗考など「蟒蛇《うわばみ》」と馬鹿にしながら、けして教えてくれなかった。おそらく蔵書に関する一般論を、さも特別なことのように突きつけたのは、あえて勘違いさせるためだったのかもしれない。

なぜか。

本が、文杏の希望だと感じ取ったからだ。

彼らは、本を仙文閣に納めて安心した文杏が、支えを無くすと察した。あの時の自分は、仙文閣が信頼できると安堵《あんど》したら、お願いしますと本を納めて泉山を下りていただろう。

そして灰色の靄《もや》に飲まれる。

そうさせてはいけないと、麗考も天佑も思ってくれた。突然、本を抱えてやってきた見ず知らずの自分を、彼らは引き留め、救ってくれようとしたのだ。

麗考は深い闇を知っていたから、それを抱える文杏に怒った。どうやって救えばいいのか、なにを言えばいいのかわからず、怒ったのだ。そして同時に、救おうともしていた。

彼らの思いが、乾いた土に降る慈雨のように胸に染みこむ。

明るい日射しの中で降る、輝く細い雨を見上げた、幼い頃の景色を不意に思い出す。

「お天気雨だ」と文杏が声をあげると、院子《なかにわ》に出てきた柳老師は微笑み言った。「優しい雨だね。きっと良いことがあるよ」と。

暗闇に揺れる晶灯の灯りが、ぼやけた。涙が滲《にじ》む。一層、暖かい色の光は潤む。

真っ暗な書庫の天井に顔を向ける。

「……ごめんなさい」

口をついて出た。

灰色の靄に飲まれないようにと、文杏を仙文閣に留《とど》めてくれた麗考に向かって、「自分なんてどうなってもいい」と言った。自分の哀しみに手一杯で、人の優しさにも気づかず、その優しさを無視して、踏みにじるように。

「ごめんなさい」

手を差しのべてくれる人がいたとき、自分の哀しみにだけくれ、その手をふり払うのは、ある意味怠惰なのだろう。哀しんで蹲《うずくま》っているよりも、立ちあがる方が何百倍も力が必要だから。

立ちあがれない、立ちあがりたくないと思っても、差しのべられた手は摑《つか》むべきなのだ。手を差しだしてくれた人も、きっと喜んでくれる。

それが報いるということ。

哀しみに沈み、報いることを忘れたら、哀しみそのものが罪深くなってしまう。

(ごめんなさい。ありがとう。ごめんなさい)

きつく目を閉じ、幾度も心の中で繰り返す。頰を、涙が伝う。柔らかくほの暖かいものが、次々に流れて頰から顎《あご》先を伝って胸に落ちる。

故郷を出てからずっと、文杏は泣かなかった。泣けなかった。この世で最も大切な人を失い、怒りと恐怖と猜疑《さいぎ》で胸の内側は堅くなって、涙も凝《こご》っていたのに。

心の中にあふれたもので、凝っていた涙が溶ける。

あふれたのは、知らぬ間に与えられていたものから受け取った、温《ぬく》もり。悲しみの涙はこらえることができたが、あたたかさから生まれる涙はこらえきれなかった。落ちた涙は、ひび割れそうに堅かった胸を優しくほどく。

漫然と書庫に本を放りこみ、保管しているだけではなく、仙文閣は本当の意味で本を守り残そうとしているのだ。

破損した本は修復し、写本を作り、目録を作り。それをたゆまず続けて、所蔵されていても存在が消えることのないように、努力を続けている。それがなければ本は本当の意味で残らない。うっかり手を緩めると本が消える。それを痛感している彼らだから、所蔵されても残る保証はないと、自らへの戒めにも似たことを口にできるのだ。

そんな人たちが守る場所に、柳老師の本を納めたい。

ほどけた心の下から現れたのは、ひとつの決断。

(仙文閣に、柳老師の本を納めてもらいたい。麗考に、柳老師の本を渡そう)

袖《そで》で涙をぬぐって立ち上がり、手にあった『北陽州記』を書架に戻す。

「麗考」

細い声で呼ぶ。彼は仙文閣に入ったらしいのだが、どこにいるのかわからない。

柳老師の本を麗考に渡し、安堵できたら、きっと灰色の靄が襲ってくる。その靄に立ち向かおうと思った。麗考の顔を思い出せば、それができるような気がした。

「麗考」

晶灯をかざし、細く呼びながら書庫の闇を歩き出す。秋庫の二層目まであがってみたが、他に灯《あか》りはない。二層目の渡り廊下を伝って、隣の冬庫、さらには春庫、夏庫と移動したが、文杏以外の灯りはどこにもない。

夏庫の一層目を探し終わって、肩を落とす。

また、麗考が消えた。前にも一度、彼は書庫の中から消えていたことがあった。

(どうして?)

今すぐにでも、改めて「ごめんなさい」と謝りたい。そして本を渡したい。「麗考にならば預けられる」と、真摯《しんし》に告げたい。麗考ならば信じられると。

「麗考」

情けなくもう一度、呼んだとき。

室《へや》に、戻っておいでなさい。

すぐに帰らせますから。

書庫の中に微《かす》かな、落ち着いた男の声が聞こえた。晶灯をかざして周囲を見回すが、灯りはおろか人の気配すらない。

その声は、あの夜に聞いた声に違いなかった。

室を出て行けと麗考に言われ、悄然《しょうぜん》と仙文閣の足元に座りこんだ、あの夜。頭を壁に押しつけているときに微かに聞いた、詩を吟ずる声。

これは仙文閣の声か――。

入りきるはずのない、蔵書の数。

書庫にあっても、典書にしか見つけられない本の存在。

書庫で姿を消す麗考。

囁《ささや》く、仙文閣。

麗考は秘密はないと言っていたが、仙文閣には多くの不可解がある。

(書仙の力?)

現実離れしたそんな考えが浮かぶ。

「わかりました」

静かに答えて書庫を出た。

晶灯を戻すと、春燕が微笑み「ご苦労様」と言ってくれた。会釈して南東の通路を外へ向かう。通路の先には薄日が射している。

雨があがったのだ。

仙文閣を出ると、軒先から落ちる雨だれが、陽の光を受けて光っていた。仙文閣の濡《ぬ》れた甍《いらか》は、砂埃《すなぼこり》を洗い流されてつやつやしている。寝楼房へ帰ろうと、軽くぬかるんだ地面を歩き始めたときだった。門の方から言い争う声が聞こえた。

寝楼房の廊廡《ろうぶ》に出て、欄干にもたれて時間を潰《つぶ》していたらしい連中も声に気づき、門の方へ顔を向けた。高い位置から何かを見たらしく、顔色を変えて指さしている。

立ち止まり、文杏も門の方へ顔を向けた。こちらに向かって来る大勢の姿がある。

背筋がぞっとした。

先頭には、絹の光沢を放つ袍《ほう》を身につけた、いかにも官吏らしい髭《ひげ》を蓄えた男が一人。彼が従えているのは、革の胸当てをつけた城諺《じょうぼう》。数は三十あまり。

先頭の男が文杏の姿に気がついたらしく、目に険しい色を浮かべた。彼の足が速まったのに気づき、文杏は思わず一歩、足を引く。

「柳文杏か」

男は、通りの良い張りのある声で問う。途端に、文杏は駆けだした。

「待て！」

鋭い声が文杏の背を追う。

「あれが柳文杏だ。捕まえろ」

間違いなく追っ手だ。仙文閣が文杏を引き渡さないのに業を煮やし、秘書省が直接乗りこんで来たに違いなかった。

本を取られてはならない。

その思いだけで仙文閣の石段を二段飛ばしで駆けあがり、南東の通路に飛びこむ。通路を駆け抜け、中心部へ入る。そこにいた三人の典書が、文杏の顔色と慌てた様子に、面食らったように立ちあがった。

「どうしたの」

春燕が几案《つくえ》の向こうから出てくる。文杏は懐を探った。

「本を、取られます。その前にこの本を仙文閣に納めます。お願いです。この本をすぐに仙文閣の蔵書にしてください」

追っ手が来たとしても、この本が典書の手によって書庫の中に入れられれば、迂闊《うかつ》に手を出せないだろうと咄嗟《とっさ》に判断していた。

懐から取り出した革袋を開き『幸民論』を取り出すと、それを春燕の手に渡そうとした。しかし彼女は当惑し、身を引く。

「無理よ。すぐに、蔵書にはできないわ。仙文閣には、勝手に本を納められないのよ。本は選書会を経てから、閣監が所蔵を認める印を所蔵簿に捺《お》さないと、納められない規則なの」

「そんな!」

焦って、文杏は通路をふり返った。自分が持っていたのでは、力尽《ず》くで奪われたら終わり。

「僕が行く。君は、ここにいて」

秋庫の暗がりから声がして、麗考が姿を現した。

「麗考！」

「そこにいて」

ちらっと横目で文杏を見やり、麗考は早足で南東の通路を抜ける。彼の背中が南東の通路の出入り口に立ちはだかる。薄い日射しに、彼の輪郭がくっきり浮かぶ。

「ほらご覧よ。本を焚《や》く馬鹿は、いつでも徒党を組んでやって来るんだ」

麗考の、嘲笑《ちょうしょう》する静かな声が響く。

六章　焚書の大罪

一

仙文閣の出入り口から麗考は、今にも石段に足をかけようとしている城諺を見下ろした。

「止まれ」

冷ややかな声に、城諺たちが不快げにこちらを見上げる。そこにいるのが麗考一人とわかると、無視して動き出そうとするのでさらに鋭く言う。

「止まれ！　典書の許しなく、部外者は仙文閣に入ることを許されない。それを無視するのは、仙文閣に敵すること。皇帝陛下は承知しているのか。君たちが、朝廷への呪いを引き起こすことを」

さすがに相手も動きを止め、伺いをたてるように背後に視線を向ける。すると彼らの真ん中を割るようにして、髭を蓄えた官吏が一人進み出てきた。

「おまえは、典書か？」

官吏が問う。

「人に訊《き》く前に、まず自ら名乗られたらいいだろう」

「もったいつける程のこともない、名乗ろう。秘書少監、公孫博《こうそんはく》だ」

麗考は眉根《まゆね》を寄せた。怒らせるつもりで先に名乗れと促したが、彼はこだわりなくあっさり名乗った。

(彼が秘書少監、公孫博か)

閣監の王天佑から聞いたことがある。官吏の中では、公孫博は頭の切れる方だと。秘書少監の品秩《ひんちつ》は正四品上。高位の官吏であるにもかかわらず、典書ごときに促され、こだわりなく名乗るだけでも度量の大きさを感じた。

「わたしは名乗った。名乗れ」

「仙文閣典書、徐麗考。秘書少監が、なぜ仙文閣に対してこのような暴挙におよぶのか、うかがいたい」

「暴挙とは、これは心外。吾々《われわれ》は、罪人を捕らえに来たまで。仙文閣に含むところは一切なく、敵意は皆無。いかなる害もおよぼす気はない」

薄ら笑いで答えた。

「無断で門を通ったことは、どう申し開きをするおつもりか」

「無断ではない。門を通る許可は、事前に受けている」

公孫博は、懐から一枚の料紙を取り出しかざして見せる。

それは門番が管理している出入り台帳の一部。台帳の一部を切り取ったらしく、そこに公孫博の名と、以下城謗三十名同行と記されていた。門を入るには、それを保証する仙文閣の人間が必要。保証人として、公孫博以下城謗三十名の下に、よく知っている名が記されていた。

麗考は眉をひそめた。

偽造か？　とすぐに疑った。

しかし、もし、公孫博が仙文閣の呪いを恐れて事前に準備したのなら、偽造では意味がない。書仙の力に誤魔化しはきかないだろう。

「見せてもらえようかの、それを」

まるみのある、こもるような声がした。

仙文閣の基壇を回り込み、ゆっくりと階段下に近づいてきたのは閣監の王天佑だった。笑いを貼りつけたようなのっぺりした顔に、白い袍。ゆらりゆらりと、酔っているような奇妙に芯《しん》の定まらない歩き方で、孫博へと近寄っていく。

「王閣監」

孫博は軽く礼を取り、天佑もまた礼を返す。

何気ないそのやりとりに、ぴりぴりした緊張が潜む。

「それを、見せてもらおうかの」

ゆるりと右手を差し出す天佑の手を避けるように、孫博は薄ら笑って、

「ご覧にいれる」

と、自らの手で天佑の前に料紙を差し出す。取りあげられまいと、用心をしているらしい。天佑は間近にそれを見て、首を傾げる。

「はて。これは……。本物だの。孫博殿と城謗三十名、正しく門を潜ること許可されておる」

「まさか」

麗考が声をあげると、天佑が軽く首を横に振る。

「いやさ、麗考。そのまさかだの。彼らが門を入る許可をした者の署名は、間違いなく本人のもの」

本物と聞いて愕然《がくぜん》としたが、同時にひとつ納得することがあった。

(文杏が仙文閣に逃げ込んだことが、その日のうちに秘書省に知られたのは、やはり密告者がいたからだ。それが……)

信じられずに、ただ差し出された料紙にある署名を見下ろす。

(それが、君なのか)

事実だろうと理解はできた。だが信じたくはなかった。

孫博は落ち着き払って、料紙を懐に戻す。

「わたしは、敵意なく無断でもなく、こちらにやってきましたぞ、王閣監。罪人を引き渡していただきましょう。仙文閣の中へ逃げ込んだのを、確認しておりますぞ」

「あいにく、それはならぬ」

「なぜに」

「文杏の思いに、決着がついておらぬゆえ。決着がつけば、引き渡す可能性が無きにしも非《あら》ず。いや、ほとんどないかの？」

にやにやと笑う天佑に、孫博は忌々しげな表情を見せた。

「秘書監が恐れる故に、このようなまどろっこしい準備までしたが。わたしは、迷信など信じない質《たち》だ。秘書省として『仙文閣に手を出すと王朝が滅ぶ』というような迷信は信じぬことだと、陛下に奏上したいとも考えているくらいだ」

「なさるが良かろう」

にいっと、天佑は笑みを深くした。邪悪、不吉にすら見える笑み。

「さらに試しに、吾をなぶり殺してみてもよかろうの。それはそれで、面白そうではある」

✽

三人の典書が、文杏を背に庇《かば》うように立っていた。彼らは詳細を知らないはずだが、本を取られるという訴えに、本能的に反応しているらしい。

「文杏」

北西の通路から、白雨が駆けつけてきた。

「本は無事か」

馴染《なじ》みの顔が来てくれたことが、心強かった。近寄ってきた白雨に、文杏は胸に抱きしめていた『幸民論』の表紙をちらりと見せた。

「無事です。ここにあります」

「良かった」

白雨は手を伸ばして『幸民論』を摑《つか》むと、力任せに引っ張った。驚いたが、文杏はとっさに腕に力を込めていた。それでも白雨の力は緩まない。

「裂けるぞ！」

脅すような白雨の声に、はっとして力が緩む。『幸民論』は文杏の腕からすっぽ抜けて、白雨の手に渡る。文杏も、三人の典書も、白雨がなにをしようとしているのか理解できず、呆然《ぼうぜん》と彼を見つめた。

眉尻《まゆじり》を下げ、白雨はさも気の毒そうな表情を作った。

「ごめんな、文杏。これは俺がもらう」

「なに言ってるの、あんた、白雨！　それはこの子の本よ」

春燕が食ってかかろうとすると、白雨は身軽く数歩退き小さく笑う。

「知ってるから、もらうんだ」

身を翻し、今通ってきた北西の通路へ駆けていく。

(取られた……本を)

裏切り。

まさかと、現実のこととは思えなかった。しかし自分の掌《てのひら》には、本がない。

啞然《あぜん》としていた。

その言葉が心に浮かんだ途端、驚きのあまり空白になっていた心の中に、真っ赤な怒りの感情が唐突に噴き出す。信じていた者に裏切られる怒りが、柳老師を殺した高芳への怒りを呼び起こし、縒《よ》り合わされ、目がくらむほどに頭が熱くなる。

(渡すものか!)

文杏は、全速力で駆け出した。

「待て、外へ出るな!」

「ここにいなさい!」

「麗考が命じただろうが!」

背中に典書たちの声が当たるが、無視した。白雨を追って走る。

(渡すものか。絶対に、渡すものか。柳老師を守る)

仙文閣を飛び出すと、白雨が南へ駆けていく背中が見えた。追いつこうと爪先《つまさき》にいっぱい力をこめ、走る。ぐんと距離が縮まる。

距離の近さに驚いたらしい白雨が声をあげる。

「秘書少監! 俺が白雨です。ここに柳睿の本があります」

まろぶように孫博の前、数歩の所に跪《ひざまず》いた白雨の背に、文杏は飛びかかった。

「返せ！」

麗考と天佑が、「文杏」と焦ったように呼ぶ声が聞こえた。彼らの方向へ、視線を向ける余裕すらない。

白雨の頰を引っ掻《か》き、腕に嚙《か》みつき、遮二無二にしがみつく。一発、右耳の辺りを殴られたが、その隙に彼の手から『幸民論』をもぎ取った。胸にしっかり抱き込み、蹲《うずくま》る。脇腹を蹴《け》られた。痛む場所を、正確に蹴る。容赦のなさに息が詰まる。

雨上がり、地面はぬかるみ、長裙が泥に濡《ぬ》れ、頰が擦《こす》れるとざらりと冷たい。本が地面に触れてはならないと、必死に庇う。口の中に泥が入る。

「やめろ、白雨！」

麗考の声が近くでした。地面すれすれにあげた視線の端に、麗考の袍《ほう》の裾《すそ》と黒革の鞜《くつ》が見えた。

「秘書少監。この娘が抱えている本が、柳睿の書いた本です。仙文閣に来て以来、この娘が肌身離さず抱えていて、誰も触っていない。もちろん抄本匠も触っていないので、写本もない。この本が唯一なのですから、ここでこの娘ごと燃やせば、本はこの世から消えてなくなります。この娘は、典書でもなんでもない。殺しても平気です」

息を弾ませながら、白雨が朗々と言った。

「なにを言っている、白雨。なにをしているのか、わかっているのか」

呻《うめ》く麗考の声が聞こえる。

「自分の言葉の意味くらい、わかっているさ。なにをしてるかって? 俺の新しい仕事をしてるってだけだ」

「異なことを」

天佑の声に、勝ち誇ったように孫博が応《こた》える。

「妙なことではない。この白雨という男、直接会ったのは今日が初めてだが、秘書省で雇い入れている。この者は今、仙文閣の抄本匠の身分でもあるが、同時に既に、秘書省の官吏でもある。柳文杏が仙文閣に逃げ込んだ夜、この者より秘書省に接触があり、官吏に取り立てる見返りに、柳睿の本の奪取を命じていた」

麗考も天佑も、声がなかった。

文杏は痛みに歯を食いしばりながら、畜生と心の中で毒づく。

「しかし、秘書省はこの娘の罪科に関与しておらず、焼き殺すような真似も野蛮に過ぎるので、やりたくはない。柳睿の本のみ、消えてなくなれば良い」

「良かったな、文杏。命は助かるみたいだぞ、本を渡せば」

白雨の猫なで声に、怖気《おぞけ》が走る。本を抱えた姿勢で首を捻《ひね》って彼を見上げた。

「誰が、渡すか、おい」

「強情だな、おい」

「本をとりあげよ、白雨。そこまでが、おまえの仕事だ。それができれば正式な官吏として推挙する。内官はさすがに無理であろうが、流外官であれば、いくらでも役はある」

「充分です」

孫博の声を受け、満足げな薄笑いで白雨が動く。

「近づくな」

白雨と文杏の間に、麗考が立ちはだかる。すると白雨が、泣きぼくろが妖《あや》しげに映るほど、とろけるような笑顔を見せた。

「いいことを思いついたぞ、麗考」

言うなり麗考の腕を引き寄せると背後をとり、後ろから首にがっちりと左腕を回す。空いた右手で懐を探り、料紙を裂くのに使う、細い刃物を取り出した。

「文杏。見ろ」

薄い刃物を、麗考の顔の前にかざす。

「まどろっこしい。おまえが、今から自分でその本を焚《や》け。そうしなければ、麗考の目を潰《つぶ》す」

二

（卑怯《ひきょう》）

恐怖と怒りがない交ぜになり、拳《こぶし》を握る。指先は冷え冷えしているのに、頭の中は沸騰したように熱い。

(本を焚けと?　そんな野蛮なことを、よくも言える)

嫌悪を吐き出す。

「あんたは、くそ野郎」

全身に漲《みなぎ》る怒りで歯がみする文杏に、白雨は愉快そうな笑い声を立てた。

「なぜ仙文閣を裏切る、白雨」

首を絞められ苦しそうにしながらも、麗考が訊《き》く。

「裏切ったわけじゃないぞ、麗考。仙文閣や、文杏やおまえが、憎いわけでもない。ただおまえたちと俺は、大切なものが違うってだけだ」

白雨は麗考の耳元に顔を寄せ、親しげな、いっそ優しいとも聞こえる声で続ける。

「俺は、筆より重いものをもって生きていくのは嫌だし、権威ある者たちの足元に這《は》いつくばって生きるのも嫌だ。だから俺は仙文閣に入った。けど、手が駄目になったら、抄本匠ではいられない。新しい道を見つけなくちゃ、ならんだろう。そんなときに文杏が来たんだから、これを利用しない手はない」

確かに白雨は、指が動かないと告白しながらも、人生を諦《あきら》めていない、しぶとい目をしていた。そのしぶとさがこんな方向へ進んでいるとは、思いもよらなかった。

「それで、僕の目を潰して新しい道を手に入れるのか」

「潰したくないさ。おまえから典書の仕事を奪ったら、生きていけないだろうからな。

だから文杏を説得してるんだぞ。俺は、おまえのことは好きだ。送士香を贈ったときと、今も、おまえに対して抱く感情に変化はないんだがな。今でも、おまえのように、なにかに全てを捧《ささ》げて生きられるのは羨《うらや》ましい」

「なら、そうすればいい」

「できれば、とっくにそうしてる。けれど、できない。だから羨ましいのさ、おまえが。おまえの生き方は綺麗《きれい》だ。尊敬してるんだ」

「嘘つきが」

「なにも嘘じゃないさ」

小さく笑うと、麗考のこめかみ近くに刃をあてた。陽の光を受けて、それが真っ白に光る。

「さあ、文杏。俺に麗考の目を潰させるな」

「従わなくていい。本を守れ」

麗考が強く命じるので、文杏は活路を求めて視線を巡らす。しかし周りは城謗《じょうぼう》に囲まれている。逃げる隙も、典書の誰かが助けに入れる隙もない。

(どうすればいい)

文杏の手は震えた。追い詰められた。

「僕の目を潰したら、典書に危害を加えたことになる。仙文閣の呪いが起こる」

「起こらないな。俺はまだ仙文閣の抄本匠だ。仙文閣の者同士が喧嘩《けんか》をして傷つけ合っても、仙文閣への敵対行為じゃあないだろう」

抜かりのなさに肝が冷える。彼は密《ひそ》かに、緻密《ちみつ》に策を巡らしていた。隙はない。

歯を食いしばると、奥歯が砂を嚙んで不快な違和感がある。泥の味がして、ざらつく。

(柳老師)

助けを求めるように、心の中で呼ぶ。逃げ場がない。

「残念だ、文杏。麗考は不器用だ。目が潰れ、典書でなくなったら、生きていけないだろう。俺は、こんなことしたくないんだけどな」

薄い刃が、麗考の睫《まつげ》に触れそうになる。刃が、動く。

(決断しなければ！)

迷っている暇はない。文杏は叫んだ。

「やめろ！」

地面に片手をついて、身を乗り出す。

「本を焚《や》く！　だから、やめろ」

「文杏、いけない！」

麗考の声をふり払うようにして、文杏は膝《ひざ》立ちになり、地面についていた右手をいっぱいに伸ばす。

「火を頂戴《ちょうだい》。焚く！」

悲鳴のようだと、自分でも思う。しかしその言葉を口にしようとすれば、そんなふうにしなければ声が出なかった。

　こめかみが、興奮に脈打つ。「ああ、どうしよう。嫌だ」と。返答してもなお、心の中で情けなく呟《つぶや》く。

（焚くの？　本当に自分で焚くの？）

　孫博が、背後に向かって顎《あご》をしゃくる。

「誰か、火を」

　城諺が数人厨房《ちゅうぼう》へと走り、灯明皿を持って帰ってきた。油に浸された綿糸の芯《しん》には、黒い煤《すす》をあげる小さな火が揺れている。城諺は、灯明皿を文杏の前に置く。

「文杏……！」

　なおも制止しようとする麗考の口を、白雨が手で塞《ふさ》ぐ。麗考は抵抗を試みるが、力の差があるらしく、呻きもがくのが精一杯の様子。

「その本を焚け。柳文杏」

　孫博の平坦《へいたん》な声が耳に届く。

「本を焚くか。愚かよの、公孫博。仮にも秘書少監。史書を編み、朝廷の府庫を整える秘書省の官吏が、焚書《ふんしょ》を命ずるか」

　静かな怒りをたたえた天佑の言葉に、孫博は小さく笑う。

「焚くのは、わたしではない。この娘だ」

「いや。焚くのは間違いなくそなただ、公孫博。そして、白雨」

「そうだとしても、王閣監。仙文閣が吾《われ》らを止める権利も、批難する権利もない。柳文杏は仙文閣の者でなく、あの本も仙文閣の蔵書ではない。仙文閣には関わり合いのないことなのだ」

孫博の言うとおり、文杏は仙文閣と無関係なのだ。ただ厚意で、滞在させてもらっていただけ。孫博はそれを熟知して乗りこんで来ている。

仙文閣が、この場での騒ぎを良しとしなければ、孫博は文杏を引っ括《くく》って泉山を下りればいいのだ。州刺史と秘書省が追う罪人の捕縛を、仙文閣は力尽《ず》くで妨害できない。そこまであからさまに、朝廷に敵対的な行為をとれないこともあるだろうが、最大の問題は単純な力の差。

三十人の城謗を制止する武力すら、仙文閣にはない。

「そういうことだ、柳文杏。おまえの本だ、おまえが焚《や》け。助けは望めない、己で己の始末をつけよ」

炎の先が蛇の舌のように、ちろちろと動く。舌なめずりするように。

左手に抱えた『幸民論』を見下ろす。止め、跳ね、払いが正確で、崩れた形はなく、丁寧に書かれた文字。それでいて硬さがなく、落ち着いた大らかさを感じる。

柳老師の文字だ。

これを書いていた柳老師の横顔も、筆さばきも、手の甲に浮く筋も、鮮明に覚えている。墨の色はいまだに濡《ぬ》れたように艶《つや》やかで、ついさっき彼の手で書かれたかのよう。

こつこつ、一文字一文字を記したそこには、柳老師の心の欠片《かけら》が残っているような気がする。だからこの本を抱いていると、心強かった。強く守りたいと願っていた。

形見と呼ぶには、あまりにも柳老師そのもののような重みのあるもの。

(でも、もう逃げ場がない)

文杏が拒絶すれば、白雨は麗考に危害を加えるだろう。文杏が本を焚くまで、なぶるように麗考を傷つける可能性がある。冷徹《しょう》に、それをやってのけるだろう。

仙文閣の周囲には、典書やその他の匠たちが集まって、固唾《かたず》を呑《の》んで見守っていた。寝楼房の廊廡《ろうぶ》にも、手すりから身を乗り出した者たちが多数いる。

仙文閣から飛び出してきた三人の典書も、出入り口にすがりついて文杏を見守っている。春燕が、今にも倒れそうな顔色で柱にしがみつき「だめ、だめ」と声にならない声で呟き、首を横にふり続けている。

(柳老師)

涙が溢《あふ》れそうだ。

(柳老師。ごめんなさい。唯一残った、柳老師の文字なのに)

柳老師の宮室《やしき》は家捜しされ、彼の筆跡で書かれたものは全て持ち去られたに違いない。

膝で歩いて、灯明皿ににじり寄る。

口を塞がれた麗考が必死に白雨の掌《てのひら》を逃れ、叫ぶ。

「やめろ、文杏！」

『幸民論』を持った左手を、前へ伸ばす。

炎の先が、本の端に触れようとする。

それでもためらいが強くて、そこから動けない。

「柳老師」

強く目を閉じた。

「柳老師。ごめんなさい……ごめんなさい！」

「文杏！」

胸に刺さるような麗考の声。それを受けとめ、目を開き、腕を下げた。

本の端に炎が触れた。

遠巻きに見ていた人々から、呻《うめ》き声や悲鳴があがる。

舐《な》めるように一気に、橙色《だいだいいろ》の炎が本の表面を覆う。炎の熱さに、文杏は本を離した。

本が、湿った土の上に落ちた。炎の勢いに料紙が捲《めく》れあがり、その隙間に風が入り、一気に燃えた。瞬《まばた》きする間に真っ黒になった料紙一枚一枚が、風に煽《あお》られ捲れあがると同時に、ばらばらと砕ける。

文杏は呆然《ぼうぜん》と、それを見つめていた。

麗考の抵抗は止んでいた。彼もまた竦《すく》んだように、灰になる本を見ていた。白雨は彼の体を解放すると、なだめすかすように今更背を撫《な》でたが、麗考はそれに気づかない。

景色が歪《ゆが》む。

目の前のなにもかもが歪んで、物の形がはっきり見えないのは、どうしてだろうかとぼんやり思う。そして、ああ、わたしは泣いているんだと、知る。

炎に舐めつくされ、本は黒くて軽い灰になり、ばらばらと崩れて湿った土の上に散らばった。濡れた地面に接していた裏表紙だけが黒く斑《まだら》に焼け残ったが、そこに文字は一文字も書かれていない。

ふいに、大きな塊が胸の奥からこみあげた。顔を覆い、その場に突っ伏した。

(柳老師)

本を自分の手で焚《や》いた。その野蛮な行為をしたことが辛《つら》くて、また柳老師の筆跡が残る唯一のものを、自分の手で灰にした苦痛が胸を刺す。

「文杏」

力のない、麗考の声が間近でしたが、顔をあげられない。麗考が傍らに膝をついたようだった。彼は文杏の肩を抱いて上体を起こさせ、顔を覆ったままの彼女の頭を胸に抱えた。強い送土香の香り。それに包まれた。

「柳睿の本は、これで消えた」

孫博の満足そうな声がする。

「本を、自らの手で焚いたのは感心だ。それに免じ、秘書省としては、おまえは見逃そう。では、王閣監。吾らの用件で、仙文閣の敷地を騒がせたことは詫《わ》びを言おう。白雨は、ともに都へ。そなたの功に報いよう」

地を這《は》うような声で、天佑が一言発する。

「蒙昧《もうまい》の徒よ。いずれ悪夢を見よ」

ざりざりと、城謗たちが歩き出す音。

「麗考、文杏。悪く思うなよ。これは生き方の違いだ」

白雨の声に、文杏は泥に汚れた顔をあげた。無言で彼を見据える。涙が止まらなかったが、視線をそらさず睨《にら》んだ。けして許さない、と。

「僕は生涯、君を軽蔑《けいべつ》する。白雨」

強い怒りを含む麗考の言葉に、白雨が微笑む。

「嬉《うれ》しいよ。おまえは生涯、俺を忘れることはないというわけだ。光栄だな」

じゃあなと、明日また会うかのように軽く手をあげて、白雨は背を見せ歩き出す。

後に残ったのは、踏み荒らされたぬかるんだ地面と、身を竦ませた仙文閣の人々の視線と、湿った地面に散らばった黒い灰。

「柳老師の字が」

ひくっと、喉《のど》が鳴った。

「灰になっちゃったよ」

もう、堪《こら》えきれなかった。麗考の袍《ほう》の胸を摑《つか》み額を押し当て、声をあげて泣いた。彼の袍が泥に汚れるとか、みっともないとか、そんなことを考える余裕はなかった。

声をあげて泣く文杏の頭を、麗考は強く抱えた。

天佑が近づいてくる。彼は沈黙し、文杏と麗考を見下ろす。どんな言葉をかけるべきか考えあぐねているようでも、文杏が落ち着くのを待っているようでもあった。

「文杏。どう謝ればいいのか、わからない。僕のために本が」

沈痛な面持ちの麗考を見上げ、文杏は首を横に振る。

「麗考のせいじゃ、ない。麗考がいなかったら、白雨はきっと、わたしが気を失うまで殴って蹴《け》って。それで本を取りあげてた。そんなにされたら、死んでた」

しゃくりあげながら、なんとか言えた。

「それでも、本を失ったことに変わりない」

呑みこみきれない悔しさをもてあまし、顔をしかめた麗考の腕を、文杏は摑む。未《いま》だに涙は止まらなかったが、強く首を振る。

「失ってない」

再び喉が、ひくっひくっと変に鳴る。それを必死に我慢し、言葉を紡ぐ。

「柳老師の本。失ってない」

三

「落ち着いて、文杏」

意味が伝わらなかったらしく、麗考は困った顔をする。

「落ち着いてる。わたし」

泣きながらこんなことを言っても、説得力の欠片もない。背中をひくひくさせながら、麗考の胸から起き上がる。衝撃はまだ去らず、腰が抜けたように地べたに座りこんでしまっていたが、混乱しているわけではなかった。

「どういう意味かの、文杏」

天佑が問う。その無表情な白い顔を見あげる。

「柳老師の書いた本は、焚《や》きました。けれど、柳老師の言葉を失ったわけじゃないです」

気遣わしげな麗考の視線を感じながら、文杏は告げた。

「柳老師の本『幸民論』には、写本があります。老師の書いた文字は、燃えたけれど。老師の言葉だけなら、あります」

細い切れ長の天佑の目が、驚きにぎゅっと見開かれた。麗考は、何度か瞬きする。

柳老師の手で書かれた本は燃えた。優しい文字が消えて、そこに染みこんだ彼の欠片が燃えてしまった事実に、また涙が溢れる。

(でも)

袖《そで》で、涙を拭《ぬぐ》う。ごしごし何度も拭って、涙を止めようと努力した。

(でも、柳老師の言葉は消えてない)

麗考が不審げに問う。

「どこにそんなものが?『幸民論』は、書かれたばかりの本で写本がないと言っていたはずだ。ここに来てからも、君が肌身離さず持っていたから、誰も写本を作れなかった……」

そこで麗考は息を呑《の》む。文杏を見る。

「まさか、君が？　でも、いつそんなこと」

「毎晩」

「あ……」

小さく麗考は声をあげ、そして、

「手習い」

と呟《つぶや》く。

文杏は頷《うなず》いた。

抄本匠の仕事を手伝わせてもらった時、文杏は自衛策を思いついたのだ。あの時は全てが信用できず、用心深くなるに越したことはないと、警戒していたから。もし何かがあった場合、最悪でも柳老師の言葉だけは失わないように、密《ひそ》かに画策した。

手習いをしたいと白雨に言って、料紙と墨と硯《すずり》をもらった。そこでもらっただけでは圧倒的に足りなかったので、礼をしたいと申し出た翠蘭に、料紙と墨をお願いした。

料紙と墨は、十分確保できた。

毎夜こつこつと作業をして、怪我をして室《へや》に閉じ籠《こ》もっている間にも、さらに書き進めた。図らずも、怪我で療養した時間が幸いした。あれで随分時間がとれたのだ。

誰にも気付かれないように。それだけを考え、密かに続けた。

写本はようやく昨日、完成していた。ただ今は、本であることを悟られないように、料紙の並び順もばらばらで、乱雑に重ねてあるだけ。並び替えて製本するのには、そこそこ時間が必要だろうが。

一言一句、間違えずに写したと自負がある。

間違えるわけがない。柳老師の声を聞くように、丁寧に写しとっていたのだから。

そうすることで、気持ちを落ち着けることができていた。

「本は、失われてないんだよ」

言い切ったのを聞いた途端、麗考が再び文杏の頭を抱きかかえた。

「君は……！」

嬉しそうな声だった。そんな弾んだ麗考の声を聞いたのは初めてで、文杏はまだ止まらない涙が頬に熱く流れるのを感じながら、笑顔になった。

(柳老師。ごめんなさい。老師の書いてくれた文字は、燃えて灰になった。二度とあの文字が見られない。でも、仕方なかった。全部を失うよりは、柳老師の言葉を残したかった)

言葉が残ること、それが最も大切と柳老師なら言うだろう。彼の書いた文字など残る必要はないと。

——能書家というわけでも、ないからね。

謙遜《けんそん》して、柳老師なら笑ってそう言いそうだ。

けれど文杏は、言葉と同じくらい、柳老師の文字が愛《いと》しかった。それを自らの手で灰にした。そのせいで、随分と涙が止まらなかった。

愛しい人と、本物の別れをしたように。

亡骸《なきがら》を土に埋め、川に流し、炎で燃やすように。

これはそんな時と、おなじ気持ちかも知れない。

「麗考。わたしは、柳老師の『幸民論』の写本を、仙文閣に納めたい」

「わかった」

麗考は、天佑にふり返る。

「王閣監。文杏はこう言っています」

天佑は目を細めた。

「では、その写本を選書会へかけようの。文杏」

「はい。お願いします」

袖で顔を擦《こす》りながら、麗考の腕の中で、文杏は頭を下げた。

文杏が手習いと称し、書きためていた料紙は数百枚。

料紙の大きさは、まちまちだった。文杏は本の大きさを決め、決めた大きさよりも大きな料紙は、本の大きさに見合うように等分して、ばらばらの紙面を写していた。小さなものは、数枚で紙面一つができあがるように工夫していた。それらの料紙が、順番も上下もまちまちで重ねられていたのだ。

まずは料紙をつぎはぎしたり、切ったりして、大きさを整える。これは仙文閣の装匠と呼ばれる、本の装丁を専門にする者が受け持った。

そこから順番通りに並べ替えた。これはさすがに、本の内容を知っている者にしかできないので、文杏がするしかない。

そのとき文杏は寝込んでいた。打撲がひどく、起き上がれなかったのだ。自分が書き写したものを並べ替える作業は、牀《しょう》の上に横たわり、麗考の手を借りて進めた。

並べ替えが終わると、再び装匠の手に料紙が渡り、線装で閉じられた。

それらの作業だけでも八日を要し、さらに見栄えが悪いからと、それをもとに新たに抄本房で写本が作られることとなった。それにさらに三日を要した。

ようやく、『写本幸民論』ができあがったのは、柳老師の手で書かれた『幸民論』が灰になってから、十一日目だった。

翌日、『写本幸民論』が選書会にかけられることになった。

文杏は結局、九日間も寝込んだ。

その間考え続けていたのは、柳老師の本が仙文閣に納められた後のこと。麗考は料紙の並び替えをする作業の途中で、あらかた『幸民論』の内容を読んでしまっていた。彼は「仙文閣の蔵書として申し分ない」と、満足そうに言っていた。

きっと今日の選書会で、柳老師の本は仙文閣の蔵書になるだろう。

寝楼房の二層目の廊廡《ろうぶ》に出て、欄干に頬杖《ほおづえ》をつき、文杏は仙文閣の黒い姿を眺めていた。

各々の房に人の出入りが忙しく、本を抱えた典書たちが、仙文閣の石段を降りてくる。乾いた温かい春の風が吹き、文杏の編み髪の毛先が揺れた。殴られた青痣《あおあざ》はだいぶん引いたが、右目から頬にかけてまだ、うっすらと青黒い色が残っていた。

心は凪《な》いでいる。

この場所で柳老師の本が守られることに、心から安堵《あんど》を覚える。それを見届けた自分は、なにをするのか。どこへ行くのか。

灰色の靄《もや》は、まだ心の中にある。しかし不思議なことに、その靄が大きく広がることはない。本を抱えて、仙文閣を信用できないと緊張していたときのほうが、その靄は活発に動き出そうとしていた気がするのに。

柳老師を殺した高芳を、文杏は生涯許さない。機会があれば逃さず、破滅させようと思う。ただその復讐《ふくしゅう》の誓いを、自分の支えにする気はなかった。

悲しみに暮れるよりも、復讐を考えるよりも、もっと大切なことがある。

（柳老師の本を守るということ。守り続けるということ）

自分の大切な本を守ろうとした麗考は、典書になった。彼は自分の大切な本を信頼できる仙文閣に託しても、本の傍らから去れなかったのだ。彼は聡《さと》いので、本は誰かが、書庫の中に沈まないように見守り続けなければ消えてしまうと、最初からわかっていたのだ。

人の手がなければ、仙文閣にある本とて、本当の意味で残るとは言えない。麗考はその役割を、信頼できる誰かに託すのではなく、自分自身の手でやろうとしているのだ。

「文杏」

階段をのぼって、麗考が廊廡に現れた。傍らに立つと、彼は淡々と告げる。

「選書会が終わった。『写本幸民論』は、仙文閣の蔵書となる」

「そうか。ありがとう、麗考」

頷いた彼の表情が硬いのは、おそらく文杏の先行きを思って、不安を覚えているのだろう。文杏は麗考に、ひどく心配をかけた。また、やけっぱちを言い出すのではないかと、危ぶんでいるのが手に取るようにわかる。

「麗考。わたし」

向き直ると、彼が身構えたような気がした。また「どうなってもいい」というような莫迦《ばか》なことを言い出したら、張り手でも食らわそうとするような緊張感に、慌てる。

「いや、その。教えてもらいたいことがあるだけ。典書になるのには、どうしたらいいのか。それを聞きたいだけなんだけど」

「典書？」

「うん。四門学を出たような秀才でも、典書には簡単になれないって聞いたけど。それでもなりたいと思ったら、まず四門学で学ばなくちゃならないの？　そうでなければ、駄目なの？」

　まじまじと、麗考は文杏を見る。

「それを聞いてどうする？」

「典書になりたいの」

　碧《あお》く美しい瞳《ひとみ》を真っ直ぐ見返す。

　心の中に巣くう灰色の靄が勢いをなくしているのは、小さな火が胸の中に灯《とも》っているからだ。

　麗考や天佑が、無言のうちに文杏を救ってくれようとしたことに報いたい思い。

　翠蘭に会えたことで、彼女の戦いにすこしばかり手を貸せた安堵感。

　さらに本を守り残し伝えるには、本を書庫に納めるだけでは不足なのだと悟ったこと。

　それらが小さな火になって、胸の中を照らしている。

　仄《ほの》明るいものが照らし出したのは、一つの思い。

　典書になりたい。そして仙文閣で本を守りたい。

　仙文閣には本を守る鉄則がある。しかし本を守っているのは、書仙の力でもなく、兵でもなく、堅牢《けんろう》な建物でもない。典書たちが守っているのだ。

秘書少監の公孫博が来たとき文杏は、仙文閣にいた典書たちに詳しい事情も説明せず、

「本を、取られます」とだけ言った。それなのに、そこにいた彼らは文杏を背に庇《かば》った。

その背中が頼もしかった。けして肉体的には頑健ではないのに、頼れると思えた。

そんな人々が典書であり、本を守っている。

そうやって文杏も、守りたい。柳老師の本のみならず、この世にある全ての本を。

文杏の心を量ろうとするかのように、しばらく麗考は沈黙していたが、小さく頷《うなず》く。

「それは、王閣監に直接伝えた方がいい。おいで」

閣監の宮室《やしき》へ向かうと、すぐに天佑が出てきた。榻《とう》に腰を下ろし、礼をとる麗考と文杏に、相変わらず貼りついたような笑みを向ける。

「急になにごとかの、麗考。選書会が終わったので、泰然が新しい本を待ちかねて、そわそわしておろうに。行ってやらなくてもよいのかの？」

「その前に、お目にかかりたかったのです。文杏から王閣監にお話があります」

「ほぉ。なにかの」

促された文杏は、姿勢を正した。

「典書になりたいんです。だから、どうしたらなれるのかを伺いたいんです」

「典書にの」

薄ら笑った天佑に、小馬鹿にされている気もした。四門学を出た秀才でも簡単にはな

れない典書になりたいなどと、田舎の子猿が身の程知らずと、思われたかも知れない。ただ文杏には未来がある。田舎の子猿でも、学べば進歩はするはずなのだから。

「まず、四門学で学ばなければいけませんか？」

四門学は官学でありながら、庶民が入学できる。学生の数は八百人と言われているが、広大な春国全土から選ばれる八百人だ。その知性は凄《すさ》まじいと聞く。

ただ四門学で学ぶためには、州学で学問を修めて、なおかつ州刺史のような地方官吏や中央官吏の推挙が必要。庶民が入学可能といわれていても、戸籍のない者や文杏のような逃亡者は入学できない。

そうだとしても、方法はあるはずだった。どうにかして新しい戸籍を手に入れ、州学に入り——。怪我で寝込んでいる間、実は、そんなことばかり考えていたのだ。

「誰からそのような話を聞いた？」

「え？」

「典書になるためには、四門学で学ぶ必要があると」

「白雨です」

ふふふふっと、口元に指をあてて天佑が笑う。

「白雨がの。考えそうなことよの」

七章　本を継ぐ者たち

一

「知っておるのか。白雨は典書になろうとしていたのだと」

両袖《りょうそで》を大きくさばいて整え直し、天佑は榻の肘掛《ひじか》けに頬杖をつく。

「はい。でも州学でしか学べなかったので、典書になれないと」

「白雨は典書を希望していたが、吾《われ》が退けた。ただ書に才能があった故に抄本匠としたのだ。退けられた原因を白雨は、己が州学でしか学ばなかったからだと思ったのだろう。確かに、麗考はたまたま四門学で学んでおったがの。四門学で学んだ者の中から、典書を選ぶのではない。そもそも四門学は官学。朝廷の権威をすりこみ官僚を育てるための場所と言っても、さしつかえなかろう。そのような場所で学んだ者を、仙文閣は好んで欲しはしない」

にやにやと、天佑は笑う。

「典書五十名の中で、四門学で学んだ者は十名程度。その他は、まちまちだの。私塾に通った者もあれば、県学で学んだ者もある。州学も無論。かくいう吾は、正式にどこかで学問など学んだことはない。しかし典書になり、閣監となったの」

　文杏は目を丸くした。

「学んでない？」

「さよう。吾が文字を覚えたのは、主家の息子が老師に教えを受けているのを、拭《ふ》き掃除をするふりをして聞いておったから。文字を覚えたら、そやつが放り出していた本を持ち出して読んだ。間抜けな息子ではあったが、随分と可愛がられておっての。主人は息子に多くの本を与えておった。やつは一冊たりとも読まなかったが、吾は全て読んだ。有り難いことだったの」

　天佑の目が、さらに細まる。

「本が好きで、たまらなんだ。主家を逃げ出し、仙文閣の門を叩《たた》いた」

「それで、どうやって典書に」

　胸が、どきどきしていた。

　天佑の出自はおそらく、文杏と同じ奴《ど》——私奴か官奴《かんど》なのだろう。その人でも典書になれて、閣監にまでなっている。そんな方法があるなら知りたかった。是が非でも。

「そのとき、典書を務めていた方がいての。その方が吾を認め、見習いとして閣監の許しを得て吾を室《へや》に置いてくれた。その方に教えを受け、導かれ、典書となった」

「でも典書一人に、個人的に認められて見習いになれたら、全ての人が典書になれるわけではないですよね。そんな簡単なことだったら、白雨だって」

焦《じ》れったくなり、一歩踏み出す。

「無論。なれる者となれない者がおるの」

「その違いは、なんですか」

「どれほど本を守りたいと思っておるか。その思いの強さの一点のみ」

驚くほど単純な解に、唖然《あぜん》とした。

「一朝一夕に、人の心などわからぬ。吾らは典書を希望する者どものことは、様々な方法で見ておる。それで、吾は白雨を典書にはせなんだ。あれは本を守る思いが弱い。ただ仙文閣に入りたい思いは強かったの」

だからなのかと、納得する。

文杏を背に庇った典書たちの頼もしさは、強い思いから来ているのだ。

「わたしも、典書になれますか？」

「なれようの。典書たるにふさわしい知識を身につけ、強い思いが変わらずあれば」

「どうやって知識を、身につければいいんですか」

「手っ取り早いのは、吾と同じく。典書の誰かの見習いとなることかの。しかしそれには、典書の了承が不可欠。典書が責任を持って見習いを置くのだから、見習いの不始末は典書の不始末となる。一心同体となるのだからの」

隣の麗考を見た。文杏が親しい典書は今のところ麗考しかいないので、見習いにしてくれと頼むとすれば彼以外いない。

麗考は眉根《まゆね》を寄せていた。「面倒だ」という心の声が、聞こえそうな横顔。

「あの……麗考」

おずおず声をかけると、彼は益々眉間《みけん》の皺《しわ》を深くした。天佑がにいっと笑う。

「僕の見習いにします」

文杏を一顧だにせず、心底嫌そうな顔をしているのに、麗考はそう言った。天佑は面白がるように確認する。

「良いのかの？」

「僕の室に、ずっと他人が居座ると考えたら、ぞっとします。最悪ですが。構いません」

「いいの？」

思わず問うと、睨《にら》まれた。

「断って欲しいの？」

「いや、違う！　お願いします」

憮然《ぶぜん》とした彼に、心から言う。

「ありがとう」

麗考を手招きして、天佑が立ちあがる。彼が近づいていくと「閣符を出すのだ」と命じた。麗考は香毬《こうきゅう》が揺れる腰帯に手を差し入れて、探り、黒漆で塗られた細長い木片を取り出す。そこには金泥で仙文閣典書と書かれており、その下に徐麗考の名がある。

天佑は麗考の閣符をもって一旦《いったん》さがり、すぐに戻ってきた。

手にはもう一つ、黒漆の札がある。その二つを並べて見案《けんあん》に置くと、二人を呼ぶ。

「これを見よ。こちらが、麗考の閣符。そしてこちらが、文杏の閣符」

文杏の閣符には、仙文閣僕と白文字で書かれ、その下に柳文杏の名がある。さらにその下には、四角い朱色の印が半分、はみ出すように捺《お》されている。よく見れば麗考の閣符の、彼の名の下にも、先程までなかった朱色の印が半分。

二つの閣符を並べると、その印がぴたりと合わさり、『仙文閣閣監』の文字となる。

閣符を左右の手に取ると、天佑はそれぞれを文杏と麗考に手渡す。

「二人、分け持て」

なめらかな閣符の感触を握った掌《てのひら》で確かめると、嬉《うれ》しさと同時に、身が引き締まった。

この閣符には、麗考と分かつ印が捺されている。自分の存在が、麗考の典書としてのあり方を穢《けが》さないようにしなければならないのだと、悟る。

それはとても重い責任に思えた。

「ではの、麗考。はやく新しい蔵書を、泰然に持って行ってやれ」

腰帯に閣符を戻した麗考は、礼をとる。文杏も慌てて礼をとる。天佑が退室すると、麗考が小さく溜息《ためいき》をつく。

なんでこんなことになったんだろうかと、嘆く溜息のようにも聞こえた。

（まあ、舌打ちよりましかな）

文杏は自分を慰める。

「ごめんなさい。麗考」

「なにが」

堂屋を出る彼について歩きながら、とりあえず詫《わ》びる。

「見習いにしてもらって。とんでもなく、嫌そうだけど」

「謝罪は必要ない。僕が、見習いにすると言ってしまったんだから。最悪なことに」

「でしょうね」

言われるとは、思っていたが。

「最悪なのに、なんで見習いにしてくれたの」

己の内面を吟味するように難しい顔をした麗考は、立ち止まり、かなりの時間沈黙した。固唾《かたず》を呑《の》んで見守っていた文杏に、向き直った彼は一言言った。

「わからない」

つんのめりそうになったが、麗考はこれで問題は解決したとばかりに、すたすた歩き出す。

堂屋から出ると廊廡《ろうぶ》を回り込んで、廂房《しょうぼう》へ向かう。大人しく従っていくと、そこには見案がずらりと並べられていた。その一つに、本が三冊置かれている。

二つは巻子本で、残り一つは『写本幸民論』。

「それらの本を、運んで。今からそれらを、仙文閣にいる閣少監の周泰然に引き渡す」

見習いとして早速、顎《あご》で使う気らしい。

素直に本を抱えると宮室《やしき》を出て、麗考について行く。仙文閣の北西の石段を上り、その出入り口から中へ入る。薄暗い通路を進む。

「閤少監は今、仙文閣にいるの？」

「そう。いつもいる」

文杏は首を傾げた。

（そんな人、いつもいたかな？）

記憶にあるのは、円柱の周りに座っている三人の典書たちだけ。

円形の空間に辿《たど》り着くと、いつものように三人の典書が座っていた。中心に座っていた春燕が、文杏に小さく手を振る。

「元気になったのね。良かったわ」

「ありがとうございます。色々と、ご迷惑とご心配をかけました」

「お礼を言われると、逆に申し訳ないわ。わたしたちは、役に立たなかったから」

肩をすくめながら、彼女は麗考の記録簿を差し出す。

「それは新しい蔵書ね」

文杏が抱えている本を覗《のぞ》き込み、春燕は目を輝かせる。記録簿を黙って受け取った麗考はそれに記入しながら、口を開く。

「今回は三冊。一冊、稀書《きしょ》がある。ついでに、文杏は今日から僕の見習いになったから。今後、時に、この子が僕の記録簿を使うことがあると思う」

「まあ！　まあ、まあ！」

まん丸な目をして、春燕は口元を覆う。続く言葉はなかったが、「麗考に限って信じられない」と言いたいのが、感嘆詞の多さで察せられた。

「新しい蔵書を、周閣少監に引き渡してくる」

春燕に告げ、晶灯を手にした麗考は春庫の方へと歩き出す。それについて行く。

「周閣少監は春庫にいるの？」

「いや。春庫にも、夏庫にも秋庫にも、もちろん冬庫にもいない」

「じゃ、なんで春庫に行くの」

「ただの通路だよ。別に、四つの書庫のどれを通っても構わないけど。たまたま春庫が近かったから」

「よく、わからないんだけど」

「すぐにわかる」

書庫に入ると書架の間をすり抜けて一層目を奥へと進む。最奥の壁伝いに階段があり、それをのぼって二層目へと向かう。二層目も一層目と同じように書架が年輪のように並んでいる。その隙を縫って今度は、二層目の出入り口の方向へ向かう。

光が洩《も》れ入る、二層目の出入り口を潜る。

そこからは渡り廊下が、石柱に向かってのびている。

石柱に突き当たった渡り廊下は、石柱に沿って巡るように左右に分かれる。石柱に沿って作られた輪の形をした通路から、四方へ渡り廊下が延びているような寸法だ。

春庫を出て渡り廊下を真っ直ぐ進み、石柱を見上げた。そして他の書庫から延びる渡り廊下にも目を向けた。

四つの書庫は、それぞれ分類ごとに分けられている。利便性やわかりやすさを考えれば、それぞれ分類名を冠した書庫名にするべきだろうが、なぜか仙文閣の書庫には四季があてられていた。

不可解に感じた文杏は、それを麗考に問うたが、彼は「慣習」とだけ応《こた》えた。

しかし分類の大切を知る典書たちが、なぜそのような不可解な慣習を受け入れているのか。わかりづらさは、正すべきだと考えないのが不自然だ。

（他にも、仙文閣には不可思議なことがある）

入りきるはずのない、蔵書の数。

書庫にあっても、典書にしか見つけられない本の存在。

書庫で姿を消す麗考。

囁《ささや》く、仙文閣。

数えてみれば、こんなにある。

それに加えて、書庫の名だ。

ぐるりと二層目の渡り廊下から見回して、はっとする。

（方角）

春庫は真東に位置し、夏庫は真南。秋庫は真西で、冬庫は真北。外へ通じる四つの通路は、それら書庫を分けるかのように配されている。

春は東。夏は南。秋は西で、冬は北。

落ち着いた気持ちで二層目から見下ろして、初めて気がつく。思わず足が止まった。

「これは、五行《ごぎょう》だ」

二

古来大陸では、万物は木・火・土・金・水の五つの要素で成り立っていると考えられている。それは根本的な自然法則であり、あらゆるものに影響をおよぼす。

自然を構成する五つの要素は互いに影響をしあう。この並びや関係性が整っていれば物事は安定し、整っていなければ早期に破綻《はたん》する。

仙文閣も、この思想に基づいて建立されたとしても不思議ではない。

五行においては、方角もまた五つの要素に当てはめられる。東は木。南は火。西は金。北は水。そして中央が、土。

さらに五つの要素は四季にも当てはめられる。すなわち、春は東。夏は南。秋は西で、冬は北だ。一つ土だけが特殊で、季節の変わり目とされる。

仙文閣が五行思想に基づいているとしたら、腑《ふ》に落ちない。

土の要素。建物の中央だ。

そこが空洞になっているのが解せない。五つの要素が補完し合って完璧《かんぺき》な形を作るとすれば、真ん中をぽっかりと無くして良いわけはない。

なにかが、ある。

文杏の知らないなにかが、この仙文閣の中にある。それを確信した。

文杏は早足で、麗考の背中に追いつく。そして息せき切って訊《たず》ねようとした。

「麗考」

「教えて。仙文閣には、もしかして」

しかしその声は、途切れてしまった。

麗考が渡り廊下を渡りきり、石柱に近づいて表面に触れた。すると、滑らかな石の表面に四角い扉のような切り込みが入ったのを見たのだ。

引き続き麗考が押すと、切れ込みが内側に動き、扉のように開く。

中は真っ暗。冷たく乾いた風が吹きあがった。麗考が捧《ささ》げた晶灯の灯《あか》りで、暗闇の中に階段が浮かぶ。細い階段が螺旋《らせん》状に、石柱の中を下へ下へと続いている。

ちらっと、麗考がふり返った。

「ついておいで」

石柱に開いた暗闇に、麗考はすこし腰をかがめてはいる。

驚きに言葉もなく、文杏はこっくり頷《うなず》いて彼に続く。

暗い石段に足をかけて数段下ると、背後で石の扉が閉じた。息苦しいほどの暗闇に、晶灯の灯りだけがある。頼りない。闇が濃すぎて、麗考がそこにいるのかどうかすら、あやふやだ。不安になり、片手で彼の袖《そで》を後ろから握った。

麗考はゆっくりと石段を下る。抱えている本を落とさないように、文杏は一歩一歩を慎重に歩む。

暗闇の圧迫感に動悸《どうき》がおさまらない。怖さと、好奇心と、興奮が混じり合っていた。

随分下っていると感じた。間違いなく既に、土の下ではないかと思う。

自分の呼吸の音が、ひどく耳につく。耳が痛くなるほどの静寂が満ちている。

まるで冥界《めいかい》へと下っているようだ。

ようやく前方に、暖かい色の光が見える。階段の終わりらしい。

半円形の出入り口があり、それは白い岩をくりぬいて作られているらしかった。白い門。装飾はなく、ただぽっかりと円形にくりぬかれているのみなのに、門と呼びたくなる風格がある。

白い門を潜った。

明るさに目が慣れず、瞬《まばた》き三度の間は、目がちりちりと痛む。

それがおさまると、周囲の光景に圧倒された。

「広い」

口をついて出た。

天井が高かった。

門と同じ白い岩をくりぬいて作られたらしい空間は、天井の高さは仙文閣に匹敵した。天井にはどうやって細工したのか、龍《りゅう》や鳳凰《ほうおう》は言うにおよばず、鸞《らん》、鶡《かつ》、獬豸《かいち》、鵄鴟《しじ》とあらゆる霊獣がびっしりと精緻《せいち》に隙なく浮き彫りにされ、互いに互いを制するようにもつれ合っていた。それら霊獣、瑞獣《ずいじゅう》の目は白いばかりだが、不思議と全てがこちらを見つめているような気もする。

白い石を組んだ書架が、出入り口から左右、その奥へと延々続いていた。書架の高さは、文杏の背丈の二倍以上。納められた本を取り出すためだろう梯子《はしご》が、書架のあちこちにかけられている。木に漆を塗って作られたらしいその梯子が、白い書架を支えているようにさえ見えた。

不思議なことに、左右と奥は、果てが茫洋《ぼうよう》としていてわからない。延々と果てもなく続いているようにも見えたし、すぐそこで行き止まりのようにも見えた。

所々に晶灯が揺らいでいる。大して数があるわけではないが、白い空間に乱反射した光がわずかな灯りを増幅し、空間を明るくしている。

「ここが、仙文閣」

静かに麗考が言う。ふり返った彼は、続けた。

「仙文閣とは、本来この場所のことを言う。五百年前に書仙・言子長が作った書庫が、これだ。地上にある仙文閣は、言子長から仙文閣を引き継いだ人間が作った」

それは事実なのだと一片の疑いもなく納得できたのは、押し包まれるような圧倒的な気配が、ここにはあるからだ。不快ではないが、気を抜けば身が竦《すく》むような力が満ちている。

ここは人が作り得る空間ではない。

肌でそれを感じる。

「大嘘つきだ、麗考は」

「僕のどこが嘘つきだと」

「仙文閣に秘密はないって言った」

こんな大きな秘密があったことに、呆然《ぼうぜん》とするしかない。

入りきるはずのない、蔵書の数。

書庫にあっても、典書にしか見つけられない本の存在。

書庫で姿を消す麗考。

それらの疑問は、この場所を見た瞬間に解決した。

「真の仙文閣の存在は、閣監と閣少監、典書以外には明かされない。僕が嘘つきだというなら、仙文閣の二監と典書は、嘘つき集団だ。行くよ」

白い門の正面には、真っ直ぐな通路がある。麗考はそれを歩み始める。

彼について歩き出す。左右の白い書架が巨大な屏風《びょうぶ》のようだ。整然と並んでいる書架はけして人を惑わせるものではないのに、あまりにも真っ白で、あまりにも規則正しく並んでいるので、目眩《めまい》に似たものを覚え、迷子になりそうな不安をかきたてた。

それに気づいたらしい麗考が、歩きながら天井を指さす。

「天井の彫刻を見て、自分の位置を測るといい」

見上げると、巨大な獬豸がこちらを睨《にら》んでいた。

海原で星を頼りに航海するのに似ている。それほどにこの場所は広いということか。

「どのくらいの広さがあるの」

「わからない」

「わからない？」

「必要に応じて、広がっているらしいから。どこまで広がっていくのか、誰にもわからない」

この空間も送土香の香りが強い。慣れてくると、ようやく感嘆の溜息《ためいき》がこぼれる。

不可解だったことの全てが晴れたような気がした。

しかし左右を見回し、天井の彫刻を確認しながら歩いていると、ふと気づく。

（一つだけ。解決していない問題がある）

囁《ささや》く仙文閣だ。

そのとき。

「おや。麗考ですか？」

仙文閣の声がした。それは間違いなく文杏が二度聞いた、仙文閣の声。しかし今は、先の二度とは違って明瞭《めいりょう》に近くで聞こえた。

声がしたのは通路の右手に並ぶ書架の間で、その方向に目をやると、黒い袍《ほう》を身につけた男が、手に葉子本を持ってそこにいた。彼は本を書架に戻すと、微笑をたたえて近づいてくる。彼の声は、仙文閣の声だ。

そのことに驚いてもいたが、それ以上に、男の美貌《びぼう》に驚いていた。

中肉中背。若く見えたが、落ち着いた物腰から察するに、三十代だろうか。整った目鼻だちと、滑らかな肌。魅惑的な微笑。黒い瞳《ひとみ》に吸いこまれそうになるほど、秀美《しゅうび》だった。傾国の美女がいるとすれば、きっとこんな風情だろう。見つめていると陶酔感すら覚えた。

麗考が軽く礼をとる。

「新しい蔵書をお持ちしました。周閣少監」

その名を耳にして、さらに文杏は言葉が見つからない。この美しい人が、仙文閣の閣少監。周泰然という人か。

「ありがとう、待っていましたよ。今日の蔵書三冊、書名と著者名は既に知らせが来ている。あとは書架に納めるばかりです。ところで、その子は？」

「僕の見習いです」

挨拶《あいさつ》しろと目線で促され、慌てて礼をとる。

「柳文杏です」

名乗ると、泰然がおやっという顔をした。

「その声。君ですか。十日ほど前の騒動の日に、書庫の中で麗考を呼んでいたのは」

「じゃあ、やっぱり。あのとき」

泰然は微笑む。

「あまりにも途方に暮れた声だったから、ついね。麗考は、聞こえないふりをしているし。すぐに行ってやりなさいと、追い出しました」

「書庫の声が聞こえるんですか？」

「よく聞こえますよ」

「真夜中に、ここにいらっしゃることがありますか？　詩を吟じていたり」

「わたしは、いつもここにいますよ。朝も夜も、ずっと。気の向いた夜には詩も口にします」

改めて周囲を見回し、確認する。

「こんなところに一人でいるんですか」

泰然は、つと書架の柱に指を這《は》わせた。指先まで整っている。しかも動きが妙に艶《なま》めかしく、まるで恋人に触れているようだった。

「この真の仙文閣を基準として、地上の仙文閣は作られているんです。この空間を中心に据え、五行を整えるために四つの書庫を適切な方角に配置し、春夏秋冬と名づけた。地上この空間があってこそ、地上の仙文閣は完璧《かんぺき》な形で整う。またこの真の仙文閣も、地上の仙文閣があってこそ、互いに相生する安定した場所となる。これは、仙文閣を引き継いだ者——典書の知恵。だからこそ、仙文閣そのものを司《つかさど》る閣少監のわたしは、ここを住処《すみか》としているんです」

「要するにこの人は、極端な引きこもり体質だ」

容赦ない麗考に、泰然は苦笑する。

「ひどいですねぇ、麗考は」

「事実です。それはそうと、新しい蔵書。巻子本を二つと葉子本一つ、納めます。葉子本は稀書《きしょ》です。文杏。巻子本だけを周閤少監へ渡して」

命じられたので巻子本を引き渡すが、周閤少監は腑《ふ》に落ちない表情だった。

「その葉子本は？　それが稀書なのでしょう？」

「これは、僕たちが稀書の棚に納めます」

「わかりました。頼みますね」

泰然は巻子本を腕に抱え、書架の向こうへと歩み去る。

その姿は、美しい本の精霊のように思えた。

「もう少し、奥へ行く。稀書の棚がある場所」

「稀書……珍しい本、って意味よね」

「手に入りづらい、特にあつかいに慎重を要する本は稀書と指定されて、上の仙文閣には所蔵されない。こちらの仙文閣に所蔵される。『写本幸民論』は、選書会で稀書に指定された。この一冊しか存在しない希少価値と、その来歴と、書かれている内容から、そうと決まった」

歩きながら、麗考は書架を指さす。

「白い石の書架は、一般の蔵書。稀書の指定がされていない本を納める。稀書は、稀書の書架に納めることになっている」

天井に鳳凰《ほうおう》の彫刻があり、その眼差《まなざ》しが真っ直ぐ下に注がれる場所へと、麗考は書架の間を歩いて行く。

三

前方に、他の書架と色を異にする書架があった。

純白に微《かす》かな青や緑を溶かした、真珠のような光沢のある石の書架が立っていた。

「これが、稀書の書架」

麗考は光沢のある稀書の書架の、真ん中の辺りの棚を示す。

「君の手で、その本をここに入れて」

「え？」

「君は、自分の手で、この本を仙文閣に納めたいと。そう言っていただろう」

驚いて、麗考をふり返った。

（このために麗考は、わたしをここに連れてきたんだ）

大切なものをなくして誰も信じられず、頑是ない我がままを言っていたような文杏の言葉を、彼は真摯《しんし》に受けとめてくれていたのだ。

碧《あお》い瞳は気負いなく、なんでもないことのような色をしている。

労《いたわ》りや優しさを悟られたら、負けだとでも思っているのか。そんな態度の麗考がおかしいやら、有り難いやら、慕わしいやら。

胸が温かくなる、喜びが溢《あふ》れた。

「ありがとう。麗考」

『写本幸民論』の表紙をひと撫《な》ですると、文杏はそっと両手で棚に下ろした。

安堵《あんど》が、胸を満たす。

――よくお聞き。いいかい？　その本は、あんたの希望になる。

ふいに、李婆さんの声を思い出した。本を守ることが絶望をせき止め、一時の支えになる。李婆さんの言葉を、文杏はそんなふうに解釈していたが、李婆さんはもっと別の意味を込めていたのかも知れない。

その本を守ることで誰かや、なにかと出会い、柳老師のいない世界でも生きていこうと思える未来への希望を見出《みいだ》す縁になる、と。だから希望と。

熱心に、柳老師の講義を聴いていた婆さんだった。私奴であったのを解放されても、様々な苦労があっただろう。年を重ね、経験を重ね、柳老師の教えをひたむきに聞いていた婆さんは、文杏よりもはるかに聡《さと》いのかも知れない。そうでなければ、柳老師の死を知らされた直後、誰もが呆然《ぼうぜん》としているとき、真っ先に柳老師の言葉を守ろうなどとは、思わないはず。

静かに置かれた本の表紙に、感謝を込めて掌《てのひら》をあてた。

（いろいろな人に助けられました、柳老師。そして本を、仙文閣に納めることができました）

ここに納められたのは、文杏の希望。

希望は、あり続けるからこその希望なのだ。

この本を守り、全ての本を守りたい。

そのために文杏は仙文閣の典書になりたい。まだまだ学ぶことはたくさんある。知識が充分に蓄えられなければ、ずっと典書にはなれないだろうが。

そのときふと、『写本幸民論』の隣にある本の表紙が目に入り、文杏は首を傾げた。

「この本。『公幸論《こうこうろん》』?」

『幸民論』と似た書名に引かれて手に取ると、その下には『民論《みんろん》』と題された本もあった。

「こっちは、『民論』。柳老師の本に、書名が似てる」

「どちらも『写本幸民論』とおなじく思想書で、内容も、似たようなことを論じている箇所が散見する。『公幸論』は五十年前。『民論』は九十年ほど前に書かれた本で、民が生まれ持った権利や、平等や。そんなものについて書かれている」

「柳老師は、ここにある本を読んでたのかな。それで」

「いや。読んではいないはず」

麗考は『民論』の表紙を、可愛がるように軽く叩《たた》く。

「閲覧記録簿で、柳睿という官吏が仙文閣に来ていたかどうかを、調べてみた。確かに柳睿は学生の頃から頻繁に出入りしていたが、『公幸論』『民論』ともに、彼が閣少監の許可を受けて閲覧した記録はない。おそらく、この本に辿《たど》り着けなかったんだ」

「辿り着けない？」

「現在仙文閣にある体系的に整えられた目録は、百五十年前に作られた『仙文閣全書総目提要』のみ。それ以降の蔵書は、その時々に小目録として追加されている。体系的ではない。幾人もの手を介しているから、分類もまちまち。『公幸論』も『民論』も『仙文閣全書総目提要』完成以降の蔵書だから、おそらく柳睿はこの本に辿り着けなかった」

彼は寂しそうな目をした。

「柳睿がこれらの本に辿り着いていたら、彼の思索はもっと深いものになっただろう。残念だ」

手にある『公幸論』を棚に戻しながら、不思議な思いにとらわれる。

（確かにここにあって。大切に大切に、守られているのに。それを欲しているはずだった柳老師は手にすることがなかった）

残念だ、と麗考は言った。

文杏も胸が痛むような気持ちで、そう思った。手に取れなかった柳老師にとっても残念だし、ここにある本を書いた人たちにとっても残念だ。そしてそのことで、学問や思想の歩みが遅れる。

本の海図。その言葉が脳裏に浮かぶ。

「あの奥の書架。見える？」

麗考が、書架が並ぶ奥手を指さす。

目をすがめると、平面に並ぶ書架の一部に、やや色合いが違う箇所がある。

「少し、灰色の？」

「あそこの書架にある本は、稀書と同様に気をつけてあつかう必要がある。あれは偽書の書架だ」

「偽書って、嘘が書いてある本のこと？」

「ただ嘘が書いてあるだけでは、偽書とは呼ばない。人を騙《だま》すことを主眼に置き、書かれた年代や内容、著者等を偽り、作られた本。ただしそれも、偽書としてはっきり類別できるのであれば、仙文閣は偽書として所蔵するんだ。偽書もある場合には、大切な資料になりえるから」

偽書の書架だと指さされた方向には、白に灰を混ぜ込んだような、艶《つや》のない石で作られた書架があった。

「ただ偽書と知らずにあつかえば、混乱を招く」

純白の世界に一滴落とされた悪意。それを取り込み薄め、書架の色にしたようだった。

「一般の蔵書は仙文閣の七割。稀書《きしょ》は二割。偽書が一割。僕は目録を作り直している途中で、まだほとんど形になっていない。けれど枠組みだけはある。一般書の総目録の他に、稀書目録と偽書目録を別に作るつもりだ」

「目録を作るの、手伝える？」

仙文閣に所蔵される全ての本が、埋もれることなく、誰かに発見されるための、本の海図作り。それを手伝えたら、本を守る仕事をしたと言える気がした。

「そのつもりだ。働いてもらう。僕が生きている間に、目録作りが終えられるかどうかも、わからないから。僕ができなければ典書の誰かに引き継ぐ。もし君が引き継げば、君は、君の老師の本の名を自分の手で、稀書目録に記せるのかもしれない」

「それにはまず、典書にならないと」

「それはそうだね。励むことだ」

麗考の腰帯で、香毬《こうきゅう》が鎖の音を立てた。彼はなにか思いついたらしく、ふと呟《つぶや》く。

「君がいつか典書になれたら。その時は僕が、君に送士香を贈ろう」

「送士香を？　なんで」

「送士香を贈ることは、君を、士として認めたという意味になる」

「麗考に――」

認めてもらいたい、と思う。彼からたくさんのことを学び、認めてもらえたら――。

麗考の碧い瞳《ひとみ》は澄んでいて、常に遠くを見つめているようだ。彼の頭の中には仙文閣の海図があり、それを形にしようとしている。

どうやって、彼はそれを形にするのだろうか。

誰でもわかりやすく、必要な本へと導けるように。

麗考から学ぶべきことは、うんざりするくらいたくさんあるはず。文杏はそれを学んでいくのだ。これからは彼を老師として。

「麗考――老師」

思わず呼んでいた。

彼がぎょっとした顔になったので、慌てて付け加える。

「と、呼んでみようかな……なんて」

拒絶感も顕《あら》わに、麗考はしかめ面をした。

「勘弁して欲しい。なぜか、つい、君を僕の見習いにしてしまったけれど。別に、弟子にしたわけではないよ。老師呼ばわりは気味が悪い」

「見習いになったってことは、弟子になったのじゃないのかな」

「老師を毒蝮《どくはみ》呼ばわりする弟子が、どこにいる」

「ここに」

「そんな弟子は、願い下げる」

ふいときびすを返して、麗考は歩き出す。

文杏はその背を、跳ねるような早足で追う。

書仙の残した書庫があったとしても、仙文閣は神仙境でもなければ、夢の国でもない。ここに住む者が食べる粥《かゆ》は薄いし、金を得るために写本も売る。朝廷との駆け引きもあり、裏切り者も出る。

（でも仙文閣は人の力で、ここを仙境に似た場所にしようとしている）

それは書仙の力で守られるよりも、よほど尊いのかも知れないと、文杏は思う。

天井の鳳凰《ほうおう》の目玉がぎょろりと動き、歩む二人の姿を見送ったが、二人はそのことに気づかなかった。

春の末。光は明るく、暖かい。

典書たちは静かに、それでいてせわしなく歩き回り、送土香が今日も香る。

ここは本の仙境――仙文閣。

参考文献

『李白詩選』松浦友久（編訳）／岩波文庫
『目録学発微　中国文献分類法』余嘉錫（著）、古勝隆一、嘉瀬達男、内山直樹（訳注）／平凡社
『中国古代書籍史　竹帛に書す』銭存訓（著）、宇都木章、沢谷昭次、竹之内信子、廣瀬洋子（訳）／法政大学出版局
『中国図書の歴史』圧威（著）、吉村善太郎（訳）／臨川書店
『中国の図書館と図書館学』京都大学図書館情報学研究会／京都大学
『図説　本の歴史』樺山紘一（編）／河出書房新社
『中国五千年　女性服飾史』周汎、高春明（著）／京都書院
『中国服飾史　五千年の歴史を検証する』華梅（著）、施潔民（訳）／白帝社
『中国の歴史　第七巻　随唐の興亡』陳舜臣（著）／平凡社
『入門　中国の歴史　中国中学校歴史教科書』小島晋治、並木頼寿（監訳）、大里浩秋、川上哲正、小松原伴子、杉山文彦（訳）／明石書店
『北京大学版　中国の文明　五巻　世界帝国としての文明　上』稲畑耕一郎（監修）、紺野達也（訳）／潮出版社

『北京大学版　中国の文明　六巻　世界帝国としての文明　下』稲畑耕一郎（監修）、原田信（訳）／潮出版社

※この他にも図書館学、本の歴史に関連する書籍も参考にしています

本書は書き下ろしです。
この作品はフィクションです。実在の人物、団体等とは一切関係ありません。

仙《せん》文《ぶん》閣《かく》の稀《き》書《しよ》目《もく》録《ろく》

三《み》川《かわ》みり

令和2年 4月25日　初版発行

発行者●郡司 聡

発行●株式会社KADOKAWA
〒102-8177　東京都千代田区富士見2-13-3
電話　0570-002-301（ナビダイヤル）

角川文庫 22138

印刷所●株式会社暁印刷
製本所●本間製本株式会社

表紙画●和田三造

●お問い合わせ
https://www.kadokawa.co.jp/（「お問い合わせ」へお進みください）
※内容によっては、お答えできない場合があります。
※サポートは日本国内のみとさせていただきます。
※Japanese text only

ISBN 978-4-04-109404-4　C0193

角川文庫発刊に際して

角川源義

第二次世界大戦の敗北は、軍事力の敗北であった以上に、私たちの若い文化力の敗退であった。私たちの文化が戦争に対して如何に無力であり、単なるあだ花に過ぎなかったかを、私たちは身を以て体験し痛感した。西洋近代文化の摂取にとって、明治以後八十年の歳月は決して短かすぎたとは言えない。にもかかわらず、近代文化の伝統を確立し、自由な批判と柔軟な良識に富む文化層として自らを形成することに私たちは失敗して来た。そしてこれは、各層への文化の普及滲透を任務とする出版人の責任でもあった。

一九四五年以来、私たちは再び振出しに戻り、第一歩から踏み出すことを余儀なくされた。これは大きな不幸ではあるが、反面、これまでの混沌・未熟・歪曲の中にあった我が国の文化に秩序と確たる基礎を齎らすためには絶好の機会でもある。角川書店は、このような祖国の文化的危機にあたり、微力をも顧みず再建の礎石たるべき抱負と決意とをもって出発したが、ここに創立以来の念願を果すべく角川文庫を発刊する。これまで刊行されたあらゆる全集叢書文庫類の長所と短所とを検討し、古今東西の不朽の典籍を、良心的編集のもとに、廉価に、そして書架にふさわしい美本として、多くのひとびとに提供しようとする。しかし私たちは徒らに百科全書的な知識のジレッタントを作ることを目的とせず、あくまで祖国の文化に秩序と再建への道を示し、この文庫を角川書店の栄ある事業として、今後永久に継続発展せしめ、学芸と教養との殿堂として大成せんことを期したい。多くの読書子の愛情ある忠言と支持とによって、この希望と抱負とを完遂せしめられんことを願う。

一九四九年五月三日